Stratégie pour deux jambons

DU MÊME AUTEUR

Aux éditions Flammarion
Enfantillages, 1979
Théâtre 1, 1981
Le Bâton de la Maréchale, 1982

Aux éditions Le Dilettante
L'envers vaut l'endroit, 1986
La Découverte

Aux éditions Cent Pages
À bas la critique, 1998
Apostrophe à Pivot, 2001

Raymond Cousse

Stratégie pour deux jambons

Roman

LE SERPENT A PLUMES

Collection Motifs
dirigée par Pierre Bisiou

MOTIFS n° 27

N° ISBN : 2-84261-316-3

LE SERPENT A PLUMES

20, rue des Petits-Champs – 75002 Paris
http://www.serpentaplumes.com

À PROPOS DE L'AUTEUR

Raymond Cousse est né en 1942, à Saint-Germain-en-Laye. Autodidacte, il écrit sa première pièce, *La Terrine du chef,* en 1968. En 1974, il publie *Stratégie pour deux jambons,* qu'il crée lui-même au théâtre du Lucernaire en 1980, et qui rencontre un immense succès dans le monde entier.

Pamphlétaire implacable, il s'en prend à la critique littéraire à de nombreuses reprises dans des courriers et articles qui donnent lieu au livre *A bas la Critique* et *Vive le Québec libre.*

Raymond Cousse se suicide en 1991.

En plus de ses propres œuvres, il reste également celui qui aura fait découvrir Emmanuel Bove, dont il est le biographe.

JE SUIS SEUL maintenant et tout laisse à penser qu'il en ira ainsi jusqu'à la fin. Laquelle ne saurait tarder, je le sens. Mais je ne m'en plains pas. D'ailleurs, quel motif aurais-je de me plaindre ? Pour peu enviable qu'il m'apparaisse, mon sort est-il des moins partagés ? Je dois bien l'avouer, les comparaisons dans ce domaine ont toujours tourné à ma confusion. Et j'en connais quelques-uns — et jusque chez les humains — qui s'accommoderaient fort de la situation.

L'endroit que j'occupe suffit à mes besoins comme à la satisfaction de mes désirs. Je ne saurais dire si la longueur du local l'emporte sur sa largeur, ou vice-versa. Mais il me plaît d'imaginer que la largeur ne le cède en rien à la longueur. Je ne sais pourquoi, l'idée d'exercer ma liberté à l'intérieur d'un carré m'est d'un précieux réconfort.

Soit donc un carré de deux mètres de côté, environ. Soit, en d'autres termes, un carré de quatre mètres carrés de surface (environ). Surface non corrigée s'entend, c'est-à-dire non amputée de la surface de l'auge.

De la hauteur, je ne puis parler sans précaution. J'aimerais qu'elle atteignît également deux mètres, car l'idée d'exercer ma liberté dans un cube m'est d'un réconfort plus précieux encore. Mais c'est improbable. Et quand cela serait, quel moyen ai-je de le vérifier ? Ce n'est d'ailleurs pas faute d'avoir essayé, autrefois, à mes moments perdus. Avec quelle frénésie me jetais-je alors contre le mur, pattes de devant dressées et groin désespérément tendu vers les sommets ! J'y passais des journées entières et il n'était pas rare que le crépuscule me surprenne à tenter un dernier saut. Mais l'inanité d'une telle entreprise m'apparut bientôt dans toute son étendue. Je me détournai alors, pratiquement du jour au lendemain, de ce qui avait fait jusqu'ici les délices de mon existence. Et c'est ainsi que, délivré de l'obsession des hauteurs, je pus désormais me consacrer à des tâches plus terre à terre, auxquelles l'exercice des deux dimensions suffit largement. Et si ce revirement ne se fit pas sans heurts, il se fit et c'est là l'essentiel. Je n'ai pas souvenir d'avoir, depuis, ne fût-ce qu'une fois, levé les yeux au plafond, si ce n'est par inadvertance ou pour compter les mouches. C'est une belle performance, à mon avis, tant la tentation est grande, ici, d'en appeler aux puissances célestes pour un oui ou pour un non. Mais j'ai su y résister et tout me dit que je saurai y résister jusqu'au bout. Le plafond ne me contemplera plus que de dos désormais, qu'il se le tienne pour dit ! Il pourrait bien me tomber sur la tête que cela ne changerait rien à ma détermination. Dans ces conditions, peu me chaut qu'il se situe à un, huit, ou dix mètres du sol, pour rester dans des limites raisonnables. Et s'il me plaît d'imaginer ma vie durant qu'il trône à deux mètres juste, je ne vois pas, mis à part l'équarrisseur, qui pourrait m'en dissuader. De là à soutenir que ce cube est une sphère, il n'y a qu'un pas, que je pourrais franchir allègrement, si tel était mon bon plaisir. Nul doute qu'exercer sa liberté dans une sphère soit d'un réconfort difficilement surpassable. Mais je n'en ferai rien, qu'on se rassure. Il faut savoir limiter ses exigences, sinon la liberté devient licence et Dieu sait vers quels abîmes elle peut alors nous entraîner.

Deux mètres sur deux, nous nous en tiendrons

là. Cela suffit à nos déplacements comme à notre méditation.

Des murs, rien à signaler, sinon qu'ils ne se distinguent en rien d'autres murs de ma connaissance. Ou si peu.

La porte, en revanche, offre la particularité d'être à claire-voie. C'est un détail d'importance. Les lattes, disposées selon une horizontale approximative, s'élèvent au nombre de huit. Il en résulte sept interstices, permettant d'une part à la lumière de s'infiltrer dans la pièce, d'autre part aux regards de se porter vers l'extérieur, aussi loin que l'autorise le mur d'enceinte de la courette, soit deux mètres cinquante, en ligne droite. Mais il m'est loisible d'augmenter la distance pour peu que je consente à m'écarter de cet axe et lorgner par le travers.

Trois seulement des interstices sont accessibles sans contorsions. Les deux du bas, d'un rendement trop faible, nécessitent en outre la position couchée, à plat dos. Exercice qui, pour un cochon ordinaire, n'est pas si aisé qu'on le prétend dans les manuels. Seul un événement exceptionnel peut me contraindre à les utiliser. Les deux du haut, d'un accès plus commode, exigent une gymnastique qui me rappelle fâcheusement les élans de ma folle jeunesse. Tout en eux incite à la mélancolie. Je ne les utilise qu'exceptionnellement et à contrecœur. Mais c'est pourtant vers eux que je me tourne, certains soirs de tristesse, afin de jeter un regard furtif vers les étoiles.

Faut-il s'étendre sur les trois interstices valides ? Je le crains. Mais qu'en dire ? Eh bien, je dirai qu'ils sont irréguliers. Autrement dit, aucun n'a la même largeur. C'est un premier point. Mais ce n'est pas tout. Car non content d'être irrégulier vis-à-vis de son voisin, chaque interstice offre de surcroît la particularité d'être irrégulier en soi. En d'autres termes, pour un interstice donné, la largeur varie sans cesse. J'ajoute qu'on chercherait en vain une relation entre les variations en présence. De sorte qu'il nous faut dès maintenant renoncer à dégager la moindre règle pour l'assemblage des lattes. Je me suis souvent interrogé sur l'intelligence qui préside à cet assemblage. L'idée de n'y voir que le fruit du hasard m'est intolérable. Il faut une raison à cela, fût-elle cachée ou tenue secrète pour des motifs qui m'échappent. Quelque chose comme la raison d'État, par exemple. Il se pourrait aussi que cette ignorance soit nécessaire à ma quiétude. J'ai idée qu'on veille, en haut lieu, à ce que l'engraissage se déroule dans de bonnes conditions, au moral comme au physique. L'hypothèse est donc crédible. Quant à l'argument selon lequel on devrait y voir une architecture de conception moderne, il n'est guère convaincant, s'agissant d'une porcherie des plus vétustes.

De l'extérieur, il ne sera question qu'ultérieurement. Chaque chose en son temps. Rentrons.

L'auge — Mais peut-on parler d'auge dans l'acception traditionnelle ? Tout au plus s'agit-il d'un accessoire d'avant-garde, baptisé pompeusement « mangeoire automatique ». Sa conception présente pourtant ceci de révolutionnaire qu'elle réduit la promiscuité avec la pire engeance qui soit — l'homme (toute la gent porcine m'avait compris) — à sa stricte nécessité. C'est-à-dire à la promenade quasi quotidienne dans la courette.

La « mangeoire », hélas ! Elle se divise naturellement en deux parties dont l'une, située côté courette, ne nous concerne qu'accessoirement. Cependant, il m'a été donné de l'examiner à diverses reprises durant les promenades. Je m'en voudrais donc de la passer sous silence. Il s'agit d'une sorte d'entonnoir servant à déverser les victuailles en quantité apparemment illimitée, limitée seulement par la capacité dudit. Une plaque de zinc en recouvre imparfaitement la gueule et préserve le contenu des intempéries telles que vent, pluie, neige, grêle, raz de marée, ainsi que des hôtes indésirables tels que rats, veaux, vaches, cochons, sans parler des chemineaux et autres crapules humaines.

Considérée de l'intérieur, la mangeoire offre un spectacle tout différent. L'extrémité de l'entonnoir, méconnaissable sous cet angle, achève sa course à mi-hauteur d'une boîte parallélépipédique, autorisant les victuailles à s'y répandre jusqu'à obstruction de l'orifice. De sorte que la quantité de nourriture disponible demeure constante et, partant, le couvert assuré, de jour comme de nuit. C'est un avantage certain. Mais de là à qualifier cette mangeoire d'« automatique », il y a un pas que la raison se refuse à franchir. Car il est clair que la mangeoire n'est automatique que dans la mesure du bon vouloir du cochon. Sans son concours, pourrait-on seulement parler de mangeoire ? J'en doute. Et si l'on veut pousser plus loin, force est d'admettre que semblable définition s'applique plus judicieusement au locataire qu'à l'accessoire ainsi dénommé. On doit donc, une fois de plus, constater le détournement de sens opéré par la classe dirigeante à son profit. Soit dit en passant, et sans la moindre intention polémique.

Automatique ou non, la mangeoire se propose de régler la question du manger. Le boire, par contre, est laissé à la diligence d'un seau, de modèle et de contenance ordinaires, dont le contenu est généralement renouvelé à l'occasion des promenades. Pour plus de précision, nous dirons qu'il se situe à droite ou à gauche de la mangeoire, selon qu'on entre ou qu'on sort de la porcherie. Quant au dormir, il est assuré par deux bottes de paille réparties sommairement, à même le sol. Les excréments aident à leur unification et parfument l'atmosphère, conférant un regain d'intimité à l'ensemble.

Voilà pour la description des lieux.

L'ENGRAISSAGE touche à sa fin. Ce n'est plus qu'une question de jours maintenant, six ou sept tout au plus. Voilà belle lurette que la phase ultime, le freinage, est amorcée. Elle touche à sa fin elle aussi. Et quand c'en sera fini du freinage, c'en sera fini de moi. Je serai abattu selon les règles de l'art et tout sera consommé. Inutile par conséquent d'échafauder des projets à échéance millénaire comme par le passé. Le voudrais-je d'ailleurs que l'équarrisseur ne le permettrait pas. Si près du but, son sentiment comme son devoir lui commandent de redoubler de vigilance. Mes excentricités ne lui sont tolérables que dans la mesure où elles contribuent à ma mise en condition pour le petit matin, à moins qu'il ne s'agisse du grand soir. Dès lors, le moindre faux pas peut m'être fatal. Car le couteau est prêt, là, comme toujours, à portée de la main, négligemment jeté sur l'étagère ou soigneusement rangé dans sa boîte. Tout grognement intempestif peut entraîner la saignée immédiate, que je me le tienne pour dit.

Pourvu que l'on sache limiter ses ambitions, la situation est parfaitement supportable ici, je veux dire pour un cochon ordinaire. Il s'agirait d'un éléphant ou d'une girafe, là oui, je ne dis pas. Mais personnellement, question espace vital, je n'ai aucune revendication à formuler. Évidemment, si l'on m'offrait spontanément de repousser les murs à deux mètres vingt, voire deux mètres cinquante, je ne dis pas que l'on se heurterait à un refus systématique. On a ses faiblesses, c'est connu. Mais de là à pétitionner ou manifester sur la voie publique comme d'aucuns, certainement pas, ce n'est pas mon genre. D'ailleurs, entre nous, réduirait-on l'espacement des murs de moitié que je ne m'en formaliserais pas plus. Ne l'oublions pas, en diagonale cela laisse encore une course de 1,414 mètres, selon Pythagore. En deçà, par contre, je suis d'accord avec l'opposition, la qualité des jambons risque de s'en ressentir. Mais il est peu d'exemples dans l'histoire du cochon que l'on ait dû recourir à cette extrémité.

Sans doute est-il nécessaire d'instruire le profane sur les péripéties de l'engraissage d'un cochon ordinaire. Les truies et verrats, malgré le respect qui leur est dû, n'entrent pas, à proprement parler, dans la catégorie des cochons ordinaires. Ils s'en distinguent notamment par une vie sexuelle plus accomplie et une longévité à toute épreuve, sans qu'il soit toujours possible d'établir une corrélation entre les deux phénomènes. Comme tels, ils feront l'objet d'une étude séparée, si j'en ai le temps et la force. De même on ne saurait englober dans l'engraissage la mise bas et l'abattage, encore moins la castration, pour des raisons que nous examinerons ultérieurement.

Ainsi ramené à ses justes proportions, l'engraissage se divise en trois phases, quatre selon certains auteurs. C'est ainsi que Leroy dans son excellent ouvrage intitulé *Le Porc, aspects nouveaux d'une exploitation lucrative* penche pour cette dernière solution. Négrerie, en revanche, dans un ouvrage plus mesuré, *Le Porc,* passe carrément la quatrième phase sous silence. On peut s'interroger sur le sens de la condamnation implicite d'une thèse pour laquelle Leroy a milité sa vie durant. Et cependant, oserai-je dire que mon opinion est partagée, qu'elle varie selon que j'envisage la question sous l'angle pratique ou théorique ? Mais résumons l'objet du litige :

Cette quatrième phase, portée aux nues par les uns, clouée au pilori par les autres, quand ce n'est par les mêmes, répond à l'appellation de jeûne préparatoire. Entendons préparatoire à l'abattage. L'opération consiste tout bonnement à priver le cochon de nourriture durant les douze heures précédant le sacrifice. Et ce, paraît-il, dans l'intérêt des parties en présence. Cependant, l'argument n'abuse personne et ses détracteurs ont beau jeu de rétorquer que la mesure est inhumaine. Ils préfèrent quant à eux gaver l'hôte jusqu'en dernière extrémité, quitte à le bourrer d'aliments aussi denses que possible et le faire boire plus que de raison. Leur conviction est telle qu'ils n'hésiteraient pas, s'ils le pouvaient, à le rassasier de pierres et l'abreuver de mercure. La méthode présenterait le double avantage de laisser un excellent souvenir au cochon et d'infléchir sensiblement le fléau de la bascule.

Bien que l'avis du cochon soit rarement sollicité en ces matières, j'aimerais en toucher deux mots, une fois n'est pas coutume. Ma conclusion sera simple : je renvoie Leroy, Négrerie et consorts dos à dos. Une telle assurance pourra surprendre et cependant je reste convaincu que jeûne ou gavage préparatoires sont tout aussi désastreux sur le plan moral, je veux dire du moral. Car un changement si brutal ne pourra qu'apparaître insolite au cochon. Que l'auge demeure désespérément vide ou qu'elle se mette subitement à déborder, il devra convenir, en privé du moins, qu'il y a là quelque chose d'anormal. Dès lors, il ne pourra s'empêcher de se poser des questions, dont certaines ne cesseront plus de l'agiter sa vie durant. Il n'en faut pas plus, quelquefois, pour renverser un ordre que l'on croyait millénaire. Et c'est ainsi que l'on a vu, et jusque dans la cour des abattoirs, des cochons ordinaires se révolter par troupeaux entiers. Il est vrai que la mutinerie était alors motivée par la politique du jeûne préparatoire, pratique qui n'a plus cours aujourd'hui, du moins sous nos latitudes. Mais il fallait voir les conjurés se livrer sans vergogne à la rogne et à la grogne et réclamer à corps et à cris le remplissage immédiat et inconditionnel des auges. Quoi qu'elle prétende aujourd'hui, la direction des abattoirs dut prendre en considération les doléances de ses administrés. Et c'est ainsi que l'on vit, comme par enchantement, les auges recouvrer leur niveau primitif.

Tout était pour le mieux, l'ordre semblait rétabli. Mais c'était compter sans les vicissitudes du destin, lequel a, comme chacun sait, plus d'un tour dans son sac. Car non seulement les auges recouvrèrent leur niveau antérieur, ce qui était bien le moins, mais dès lors leur contenu ne cessa d'augmenter, tant en quantité qu'en qualité. Si bien qu'emportées par leur élan les victuailles se mirent rapidement à déborder et à se répandre à même le sol. La profusion était telle que la truie la plus attentionnée n'aurait pu y retrouver le moindre de ses petits. Dans les premiers temps, nombre de prétendants à l'abattage se laissèrent abuser par cette nouvelle stratégie que nous continuerons d'appeler, pour plus de commodité, politique du gavage. Ce n'était plus, dans les porcheries, que chants et cantiques de grâce à la gloire de l'équarrisseur et de ses maîtres. Mais il fallut bientôt déchanter et se rendre à l'évidence que cette soi-disant ère d'abondance dissimulait en réalité un nouveau subterfuge. Car à la longue, l'accumulation devenait dramatique. La mâchoire la plus alerte ne pouvait suffire à la tâche et, malgré l'acharnement des pensionnaires, les cellules se remplissaient à vue d'œil. Les cas de claustrophobie ne se comptaient plus, sans parler des paniques individuelles et des tentatives de suicide.

Encore faut-il louer la providence de la sagesse dont elle a fait preuve en isolant le cochon lors de la phase finale. Vers quels abîmes n'eussions-nous glissé, s'il avait fallu de surcroît affronter en groupe la politique du gavage! C'eût été un véritable génocide. Et cependant, nous l'avons vu, un tel affrontement en position isolée n'est pas des plus confortables. Le risque d'étouffement est si réel qu'un cochon moyennement doué pour la mathématique peut, au quart d'heure près, prévoir son trépas. C'est dire la réalité du péril. Par bonheur, rares furent ceux qui périrent selon ce procédé barbare. Dans l'écrasante majorité des cas, l'équarrisseur sut arracher à temps son pensionnaire afin de le mener vers une conclusion plus naturelle. Il fallait voir la gratitude du cochon pleurant comme un veau tandis qu'il portait son sauveur en triomphe jusque sur les lieux du sacrifice. Et l'acte d'amour du sauveur immolant sa monture avec l'effusion qui inspire Eschyle.

L'idéal se perd. Comment concevoir aujourd'hui, comme aux temps héroïques, une révolte spontanée jusque dans la cour des abattoirs ? C'est tout juste si le cochon, bourré de sucreries jusqu'à la gueule, parvient à se traîner sur les lieux de sa libération. Sans l'énergique assistance de l'équarrisseur, il est probable qu'il succomberait en route, victime compatissante d'une banale anomalie cardiaque. Il n'est guère sérieux d'espérer fomenter une révolte avec de telles rosses.

D'ailleurs qui s'en chargerait ? Pas moi, en tout cas. J'ai d'autres chats à fouetter, je dirai lesquels en temps utile.

Pour parler franc, je ne crois pas que le freinage, troisième phase dans l'ordre chronologique de l'engraissage, soit plus propice à la pratique du poing levé.

Le freinage — le but du freinage, comme son nom l'indique assez, est de freiner. Mais freiner quoi, telle est la question. Eh bien, freiner l'appétit jusqu'alors croissant du cochon. De le freiner non dans le sens de le restreindre mais dans celui, plus subtil, d'éviter qu'il ne se développe davantage. L'opération permet au cochon de se présenter à l'équarrissage dans les meilleures conditions, c'est-à-dire sans embonpoint excessif. Il s'ensuit une répartition plus harmonieuse des masses musculaires et graisseuses, influant favorablement sur l'esthétique des carcasses et, partant, sur l'indice de consommation. Quant à la deuxième phase, l'engraissage proprement dit, s'il est bon de le mentionner pour mémoire, nous ne nous donnerons pas le ridicule de l'étudier sous l'angle de la praxis révolutionnaire. Il est clair qu'absorbé par la seule besogne alimentaire, le cochon n'y jouit plus, momentanément, du recul indispensable à la méditation sereine dont découle une action efficace. Il nous faut donc, pour garder quelque espoir, remonter désormais jusqu'à la première phase, c'est-à-dire le sevrage. Encore ne doit-on prendre en considération la totalité de cette période. Car si les conditions objectives du grand chambardement étaient réunies durant toute la première phase, voilà belle lurette que le socialisme porcin serait instauré et le paradis terrestre organisé dans les porcheries. En réalité, ce disant, je vise plus spécialement la fin du sevrage, pour ne pas dire sa dernière extrémité. Durant la quasi-totalité de la première phase, le cochon ou goret — et non cochonnet — n'est pas à même de se fixer des objectifs politiques responsables. À ce stade, une action sur les masses est impensable, fût-ce sur celle de ses nombreux petits frères et petites sœurs, sans parler de ses non moins nombreux petits cousins et petites cousines pour peu que la mère d'iceux, présentement sœur de leur chère maman, vienne à décéder en couches, comme cela arrive parfois, hélas. Il suffit, pour s'en convaincre, d'observer sa précipitation brouillonne et gloutonne à l'occasion des repas, quand sa maman adorée vient à lui prêter son flanc ainsi qu'à ses autres garçons et filles et neveux et nièces. D'autre part, les problèmes psychologiques afférents à cet âge ne sont pas un facteur de maturation politique, qu'il s'agisse des premières atteintes de la puberté ou des dernières conséquences de la castration. Car c'est bel et bien durant le sevrage que s'opère la castration, si ma mémoire est bonne, et non dans l'âge mûr, comme le prétendent nombre d'ignorants, dont la plupart n'ont jamais vu un cochon, si ce n'est au cinéma ou sous la forme d'un jambon de Bayonne ou de rillettes du Mans. Soyons sérieux. De quel secours serait une castration quasi posthume ? Elle ne se justifie pas même du point de vue de la consommation. Et cependant, quelle région du cochon, noble ou non, ne se justifie tant soit peu de ce point de vue ? A-t-on déjà vu un restaurateur, si libertin fût-il, afficher au menu « Rouston Cochon » ou « Trou de Truie Sauce Blanche » comme il n'aurait pas manqué de le faire si l'occasion, je veux dire la matière première, lui en avait été fournie ? Non, pour que la castration soit rentable, il importe qu'elle soit précoce. Sinon, il est impensable qu'elle satisfasse aucune des parties. Le consommateur, nous l'avons vu, n'y a pas intérêt. Mais le propriétaire non plus, car une telle opération pratiquée dans l'âge mûr — celui du cochon — est autrement délicate, donc onéreuse, et peut par conséquent lui faire craindre pour sa propre bourse. Quant au cochon, inutile d'énumérer les avantages qu'il en tire. Il suffit d'apprécier un instant la démarche empruntée du verrat et l'embarras que lui cause cet énorme paquet au niveau de l'entre-jambons, et dont il n'a que faire, le plus souvent. Sans parler de la convoitise des truies, immanquablement fascinées par ce spectacle, je me suis toujours demandé pourquoi, ni de la jalousie des autres verrats, contrariés par la fascination de la truie et le lui reprochant amèrement. Mais il serait injuste de ne pas mentionner également l'amertume et la jalousie de la truie vis-à-vis d'une, voire de plusieurs, de ses consœurs pour peu que son verrat favori en vienne à reporter, comme c'est trop fréquent, ses affection et tendresse sur l'une ou les autres, prises isolément ou conjointement. Et encore ne donné-je ici qu'un bref aperçu de l'imbroglio. Le reste de mon existence ne suffirait pas au simple inventaire des diverses calamités engendrées par la négligence du castreur, ou hongreur. D'ailleurs point n'est besoin de dresser un tel inventaire. Qu'il me suffise d'attester que je n'ai eu jusqu'ici qu'à me louer de cet allégement. J'évoquerai un autre fois, par-delà la pureté du chant, le sentiment de bien-être et de catastrophe évitée qui en résulte. Pour l'heure, je me bornerai à résumer le parcours moyen d'un cochon ordinaire, de la naissance à l'abattage :

ÉVÉNEMENTS	NOMBRE DE JOURS	POIDS EN KG
Naissance	1er jour	1,420
Castration	21e jour	5,650 (avant opération)
Sevrage	60e jour	19,204
Engraissage (fin)	218e jour	108,500
Freinage	du 219e au 238e jour	108,500
Jeûne préparatoire	239e jour	106
Abattage	240e jour	105

Voilà pour l'édification des amateurs de statistiques. Il ne peut s'agir, bien entendu, que d'un tableau succinct ne prenant pas en compte les variations individuelles, aussi exceptionnelles qu'insignifiantes. Je me réserve de développer ultérieurement cette esquisse avec une patience et une maîtrise à faire pâlir les érudits. J'aurais souhaité mentionner mes sources. Malheureusement, dans la situation où je suis, c'est hors de question. J'ai du reste été contraint de falsifier modérément mes chiffres. Je ne puis, si près du but, me permettre le luxe d'un procès en plagiat, à fortiori une condamnation, fût-elle assortie du sursis.

IL VA FALLOIR que je fasse un peu d'ordre. Dans le local, d'abord. Le reste suivra. Certains jours, c'est un foutoir ici. Pour un peu on se croirait dans une porcherie. (On appelle ainsi, je crois, le local du porcher.) Je ne me laisserai pas déborder. Deux objectifs, dans l'immédiat : étaler le fumier et déplacer le seau.

Le seau. Ou, pour être précis, la place du seau dans le local. Nous touchons là une des nombreuses tracasseries du porcher. Comme s'il ne lui suffisait pas de rentrer chez moi comme dans un moulin, à toute heure du jour et de la nuit, les pieds crottés, crachant, rotant ou pétant selon son humeur. Comme s'il ne me suffisait pas d'endurer ses soi-disant mots d'esprit ou ses chansons de salle de garde se terminant invariablement par Tiens t'auras du boudin. Encore lui faut-il à chaque instant déplacer mon seau. J'ai beau le repousser (le seau) des pattes et du groin vers la mangeoire, rien n'y fait. À la première occasion le revoici (le porcher) rejetant du pied le seau vers le centre, comme si de rien n'était. Ah! l'anthropocentrisme ! Est-ce que je m'occupe, moi, de la place du seau dans son local ? Ni de rien qui touche à sa vie privée ? Il est vrai que la vie privée d'un porcher…

Au début de mon séjour ici, pourtant, j'aurais souhaité des rapports plus coopératifs. Puisque de toute façon la partie est jouée, me disais-je, à quoi bon se cantonner dans une réserve stérile ? Hé oui, on aurait pu s'entendre comme cochons en foire, si j'avais voulu. Je me voyais déjà lui faisant ma cour, devisant des journées entières en sa compagnie, mollement affalés sur ma couche, en tout honneur s'entend. Ou folâtrant bras-dessus bras-dessous à travers la campagne, déjeunant chez l'un, dînant chez l'autre, nous rendant mutuellement de petits services. L'euphorie aidant, je me persuadais rapidement, dans mes quatre mètres carrés, que le porcher, après tout, n'est pas si mauvais bougre. Et de réduire ses tares aux aléas d'une hérédité fâcheuse. Que de soirées n'ai-je ainsi consumées à pleurer sur son sort, sur ma couche, saisi soudain de compassion pour sa détresse morale ! Il me venait alors un désir irrésistible de bondir jusqu'à lui afin de le presser sur mon cœur, n'était la porte, doublement cadenassée par ses soins. Je tiens à mettre en garde contre ce type de flottement. S'il part d'un bon sentiment, il peut rapidement mener aux dernières conséquences. Car, poussant plus loin, ne me voici pas offrant prématurément mes jambons pour son salut, voire supplantant l'équarrisseur dans ses œuvres, en un hara-kiri certes honorable sous le rapport du self-control mais laissant à désirer, ô combien, du point de vue idéologique ! Par bonheur, il n'était pas rare, dans ces instants où l'opportunisme risquait de me faire basculer dans la démagogie, que l'humour vînt à mon secours. Que je songeasse, par exemple, en un raccourci saisissant de la condition porcine, à mes collègues truffiers du Périgord, muselés et tenus en laisse du matin au soir, mais ne s'en obstinant que mieux à déterrer la précieuse friandise, honneur du pâté dont ils feront l'objet quelques jours plus tard. De sorte qu'après avoir beaucoup ri, j'en venais à remercier le porcher de m'avoir épargné le destin de ce lumpen-cochonnariat et permis, du même coup, de me consacrer à de plus nobles tâches. Mais j'éprouvais parallèlement de singulières bouffées homicides envers lui. Et n'était la porte tout aussi cadenassée qu'auparavant, j'aurais volontiers couru l'étriper, avec une ardeur au moins égale à celle qui me faisait le serrer dans mes bras la minute précédente.

La première émotion passée, je m'écartais résolument de ces pulsions terroristes. Soit dit en passant, on pare la subversion de trop de vertus. Certes, je n'ai jamais dédaigné me livrer aux pires exactions, telles que bris de clôtures, piétinement des semis, arrachage des fleurs, sans parler des voies de fait, exercées de préférence sur les humains en bas âge, telles que morsures et souillures diverses. Mais de là à verser dans le poujadisme porcin, certainement pas. Car c'est à son retentissement dans l'opinion que se mesure la portée d'un acte politique. Comment nier que l'étripage en règle du porcher, en dépit d'une satisfaction toute personnelle (et provisoire) ne contribuerait qu'à m'isoler un peu plus des masses ? Pourrais-je, dans le meilleur des cas, espérer mieux qu'un (blague à part) entrefilet dans la rubrique des faits divers d'une sous-gazette de canton, humaine de surcroît. Quant à l'espoir de voir mon exploit immortalisé en première page de revues spécialisées telles que *l'Élevage du Porc,* il m'apparaît plus chimérique encore. Dans ces conditions, le déjà nommé professeur Leroy viendrait-il jamais à connaître ma geste aux fins d'édifier les générations futures ? J'ai quelques raisons d'en douter. Il ne me restait donc, mine de rien, qu'à ronger mon frein en attendant des jours meilleurs. Ne nous laissons pas abattre, me disais-je, pour me remonter le moral, mon heure viendra. Il m'apparaissait de mon devoir que l'adversité ne se commuât point en un repli sur soi, comme cela arrive aux brebis égarées. Fût-ce sous une forme déguisée, je me devais d'entrer sans tarder dans la lutte concrète. Sans déserter pour autant le front des idées, il va sans dire. Le porcher n'avait plus qu'à bien se tenir. À la première incartade, il trouverait devant lui un adversaire résolu à mener le combat hors de toute menée aventuriste. Un combat ponctuel, organisé, découlant d'une stratégie patiemment élaborée dans la quiétude de ma retraite. Je n'aurais pas aimé être à sa place, en cet instant de solennelle décision.

Restait le choix du terrain. C'est un point à ne jamais négliger. Celui qui a l'initiative du terrain sort souvent victorieux, je l'ai lu quelque part. Contre toute attente, je choisis de mener le combat à l'intérieur même du local. L'effet de surprise serait total. Pour le reste, il serait toujours temps d'aviser. L'improvisation n'est pas condamnable, je pense, dès lors que dédaignant le cavalier seul, elle consent à se plier à la finalité d'une stratégie globale. Je n'aurais pas aimé être à la place du porcher, en cet instant d'intense méditation où se jouait probablement son destin. Bref, je décidai sur l'heure de m'opposer, par tous moyens en mon pouvoir, au déplacement intempestif du seau. La question du fumier viendrait plus tard, inutile de courir deux lièvres à la fois.

La bataille fit rapidement rage. Il ne se passait plus de jour que je ne repoussasse, avec une détermination invincible, le seau vers la mangeoire. Mais, comme je m'y attendais, le porcher n'était point homme à lâcher du lest sur ce point crucial. Tous les prétextes lui étaient bons pour rejeter, avec un détachement à peine feint, le seau vers le centre. Une tactique comme une autre. C'est de bonne guerre, me répétais-je, de guerre lasse. Fidèle à ma ligne, je me gardais de toute attitude qui se pût interpréter comme de la provocation. J'attendais mon heure. Nous verrions bien qui aurait raison devant l'Histoire. Tout au plus me contentais-je parfois de le fixer du regard, durant son triste forfait, dans l'espoir que ma fausse candeur finirait par l'ébranler. Viendrait peut-être un jour où, subitement saisi par le remords, il accourrait en larmes dans le local et, se jetant à mes pattes, implorerait en sanglotant mon pardon pour ses abominations passées. Hélas, malgré ma bienveillance naturelle, il ne me serait pas possible de satisfaire à sa requête. L'insistance, malheureusement, n'y changerait rien. Le chantage au suicide non plus. Je suis intraitable, quand je m'y mets. Inutile d'insister mon ami, inutile. Je ne puis rien pour votre salut. Vous pouvez disposer, camarade, j'ai à faire. Mais quelle victoire ! Il ne me resterait plus qu'à attendre l'équarrisseur d'un pied ferme et le cœur léger.

La victoire finale n'est pas pour demain. Nous nous orienterions vers une guerre de position que je n'en serais pas surpris. Qu'importe, j'ai tout mon temps. Qui vivra verrat, disait déjà mon père.

Dès lors que cela n'entame en rien ma combativité, il n'est pas inutile, j'espère, d'examiner les raisons qui me font revendiquer le seau à sa place inaliénable — aux côtés de la mangeoire, que cela soit dit une fois pour toutes. J'envisagerai d'abord la question sous l'angle pratique. Comment admettre que les deux composantes de la subsistance porcine, pour ne pas dire universelle, j'ai nommé le manger et le boire, nécessitent pour peu qu'on associe les deux opérations, un virage incessant à cent quatre-vingts degrés ? La sérénité des repas n'est-elle pas la condition d'un engraissage satisfaisant, partant de la qualité des carcasses ? Il ne faudra pas s'étonner si, poussé au désespoir, j'en viens quelque jour à décliner publiquement toute responsabilité au sujet de ma propre marchandise. C'en est trop, à la fin, des reproches injustes adressés, à travers les âges et les carcasses, à la communauté porcine, là où celle des porchers est seule responsable. Qu'on ne compte pas sur moi pour taire éternellement ce scandale. S'il le faut, je n'hésiterai pas à porter l'affaire en haut lieu. À réclamer, par exemple, l'arbitrage de l'équarrisseur. Et si ce n'est pas suffisant, je transmettrai le dossier au syndicat des charcutiers. Sans préjudice d'actions plus radicales qu'il ne m'appartient pas de divulguer pour le moment. Il faut savoir se défendre dans la vie, sinon…

Mais la revendication ne se limite aucunement à la question alimentaire. Je dois aussi compter avec son aspect culturel (dans un sens large). D'une part, la vue d'un objet quelconque au centre du local m'est insupportable. C'est peut-être regrettable mais c'est ainsi, je n'y puis rien. En toute circonstance, j'aime à avoir du champ, visuel pour le moment. Mais ce n'est pas tout. J'aime aussi, à l'occasion, parcourir mon espace domestique, soit pour m'y livrer à la méditation solitaire soit, plus prosaïquement, pour flâner ou prendre un peu d'exercice. Jusque-là, rien de bien grave, dira-t-on. Eh bien si, justement. La complication vient de ce que je ne tolère pas de voyager autrement qu'en diagonale. Selon les diagonales du local, je veux dire. Il n'est pas exclu que je me déplace également en diagonale par rapport à l'axe de marche d'un cochon ordinaire. À la manière des écrevisses, si l'on veut, en plus timoré. C'est possible, après tout, mais s'agissant d'un chapitre touchant à ma vie privée, je ne me sens en rien tenu à la divulgation. D'ailleurs les diagonales du local suffisent largement à ma démonstration. Dans ces conditions, le seau entrave-t-il oui ou non ma course ? La réponse est simple, pour un esprit bien trempé.

Pourquoi circuler selon les seules diagonales ? Cela me regarde, je suis libre de ne pas répondre, si je veux. Disons pour aller le plus loin possible par le plus court chemin. De toute façon, il n'y a pas trente-six manières de circuler dans un local, dès lors qu'on s'assigne un minimum de rigueur. Ou l'on voyage en diagonale (c'est la solution que je préconise). Ou en longueur. Ou en largeur. (Dans mon cas, ça revient au même.) Reste en rond et en hauteur. En hauteur, pour un cochon ordinaire, vous avouerez. En rond, je ne l'ignore pas, cela réglerait partiellement la question du seau. Mais, outre que le problème du champ visuel reste entier, n'y a-t-il pas quelque absurdité à tourner exclusivement en rond ?

Quant à l'objection selon laquelle ce serait

plus révolutionnaire, je ne la mentionne que pour montrer où peut mener le sophisme, dès lors que la vigilance se relâche.

Je préfère m'en tenir à mes diagonales. On sait où l'on va. Le cercle, en revanche, est infini. Une fois en route, il n'y a plus de raisons de s'arrêter. D'autant que je supporte mal, à mon avis, les longs voyages. Partir à l'aventure en abandonnant veaux, vaches, cochons, n'est pas forcément une preuve de courage. Et si j'étais contraint, tout soudain, de me propulser ainsi, je n'hésiterais pas à opposer une résistance au moins passive au projet. En faisant la sourde oreille — par exemple. Ou semblant de ne pas comprendre de quoi il retourne. J'ai une vraie tête de cochon, quand je m'y mets. Et quand la pression des événements rendrait toute résistance inutile, mon allégeance n'en serait pas moins de surface. Tel que je me connais, je n'aurais de cesse de faire capoter le projet en le sabotant par tous les moyens. Je me vois très bien décrivant un demi-cercle dans la soumission la plus totale puis me rabattant inopinément à la corde, sur la diagonale, je veux dire, avant d'entamer gaillardement le second demi-cercle, prélude à la seconde diagonale. Et ainsi de suite des siècles durant, en un ballet perpétuel interrompu seulement par les impératifs de l'équarrissage. Cela dit, je ne nourris, contrairement à ce qu'on veut me faire dire, aucune animosité rédhibitoire contre le cercle. Je serais même plutôt favorable à la révolution, dès lors qu'elle ne rompt pas totalement avec la tradition. Par contre, les parcours en diagonale commencent à me courir. Je ne les ai soutenus tout à l'heure que pour les besoins de la cause, cause toujours. À la longue ils ne font que perdre de leur saveur et m'ancrer, à la longue, dans des habitudes funestes. Je ne les avais cooptés avec enthousiasme que parce que l'hypothèse du cercle, je m'en excuse, n'était pas encore parvenue à mon entendement.

Je me demande si le rejet du seau vers le centre que je considère, dans ma bonté, comme une insignifiante brimade, n'obéirait pas à un plan concerté. Une vaste conspiration n'ayant d'autre but que de me faire intégrer — réintégrer serait trop fort — l'ordre des porchers. Par le biais d'une reddition aux normes latitudinales et longitudinales, voyez les piètres mots dont ils disposent pour désigner leur entreprise de cupération — récupération serait excessif — scélérate. S'il en est ainsi, gare, on trouvera à qui parler. N'en déplaise à certains, je suis cochon à inverser ma stratégie si nécessaire. En désertant la diagonale, pour commencer. Puis, profitant de la confusion générale, je me consacre à un court bivouac sur la longueur (ou largeur) précédant de peu une contre-attaque fulgurante visant, ni plus ni moins, à me placer définitivement sur orbite. Eh oui, voilà ce qui arrive quand on pousse la masse au désespoir. Si l'on ne veut pas la révolution, il faut commencer par ne pas la rendre inévitable. Imagine-t-on un modéré de mon espèce assez fou pour prendre le maquis, s'il pouvait se faire entendre par des voies légales ? À qui fera-t-on croire que la révolution permanente soit une sinécure ? C'est autant de perdu pour le fignolage de mes jambons, jambonneaux, longe et autre bardière. Je vois mal le charcutier se pencher sur mes faits d'armes au moment de débiter ma carcasse. Ce ne serait pourtant que justice, j'en conviens. Mais l'idée de justice confrontée à la vision d'un charcutier dans ses œuvres…

Reste la question du fumier. Elle est plus importante qu'il y paraît. La qualité du fumier, ici, c'est un peu la qualité de la vie. Me voici donc de nouveau en délicatesse avec le porcher. J'en ai assez de ce porcher. Si je pouvais, je demanderais sa mutation. Il est vrai que tous les porchers se valent. Je me demande pourtant s'il ne serait pas souhaitable, dans l'intérêt de l'engraissage, de changer les têtes de temps à autre. Il n'est pas douteux qu'un facteur si futile que l'incompatibilité d'humeur entre le porcher et son pensionnaire soit de nature à faire stagner la production. Quelle erreur de ne pas prendre en compte le facteur psychologique, voire moral. Que diable, la vie ne se réduit pas à son aspect quantitatif ou matériel ! Un jambon concédé de bonne grâce par le cochon sera toujours de qualité supérieure au jambon arraché sous la contrainte. La différence ne se laissera — Dieu merci — pas mettre en équation mais un palais averti y retrouvera son compte, c'est certain. On aura du mal à m'ôter cette conviction. Elle est par trop liée au prix que j'attache à mon existence.

D'un autre côté, la ronde des porchers peut s'avérer tout aussi funeste. Pas plus, comme je l'entends déjà susurrer ici et là, autant, je dis seulement : autant. Il est clair qu'une rotation périodique accentuerait encore la confusion, ne serait-ce qu'à cause du préjugé favorable qui s'attache à toute promotion. Combien se laisseraient piéger à ce miroir aux alouettes, dont il ne subsisterait bientôt plus, en fait d'alouettes, que le pâté ? Pour un os jeté avec mépris dans la mangeoire, combien lécheraient avec conviction les bottes merdeuses du nouveau porcher ? Mais de quelle utilité peut être un os, fût-il à mœlle, pour un cochon ordinaire ? Il est vrai que la plupart mettent un point d'honneur à se laisser traiter comme des chiens, au point de se livrer, leur séjour durant, à une collaboration éhontée, reconduite à chaque intronisation. La ronde des porchers n'est donc qu'un cercle vicieux.

Quant à réclamer la ronde des cochons, cela relève de l'utopie. C'est confondre la fin avec les moyens. Un rêve tout juste bon pour la jeunesse, pour l'aider à franchir ce cap, je veux dire. Il est certes charitable de ne pas refouler l'idéalisme de ces âmes sensibles. Ce serait d'ailleurs peine perdue. Les murs du local s'en chargeront mieux que quiconque. Il n'est guère d'exemple de désordres qui ne se soient résolus, avec le temps. J'ai passé moi-même une partie de l'engraissage à nier les murs, si ce n'est le local. Je savais pourtant qu'ils existaient, puisqu'on me l'avait dit. Mais je les voyais lointains, baignant dans une douce irréalité. À peine si je les frôlais, durant mes courses folles à travers le local. Quelques égratignures de temps à autre, voilà tout. Bientôt, pourtant, ma course devint naturellement plus tempérée. Les murs se rapprochèrent dangereusement, conséquence de la maturation du lard et de l'accroissement de volume qui caractérisent l'âge adulte. Les chocs devinrent brusquement plus douloureux. J'en mis, du temps, à comprendre ce qui m'arrivait. Il fallut pourtant se rendre à l'évidence, le mur m'attendait depuis toujours. De quelque côté que je me tourne, il m'apparaîtrait désormais dans sa réalité nue. J'esquissais bien encore quelques mouvements d'humeur, tête baissée. Ça ne l'impressionnait pas beaucoup. Il en avait vu d'autres. Quant à la porte, elle n'offrait qu'apparemment moins de résistance. Manifestement, ces deux-là s'entendaient comme cul et chemise. Il fallut bien composer. C'est ce à quoi je me résolus. Je m'efforçais simplement de ne rien laisser paraître. Face au mur, je restais de marbre. Nourrissais-je encore l'espoir de l'attendrir ? Ce n'est pas sûr. J'y verrais plutôt une manifestation embryonnaire de l'éthique qui me conduisit sur le tard à nombre de succès, dont quelques-uns déjà ont été narrés. Je sais d'expérience que le mur le plus rudimentaire est inébranlable. Inutile de m'attaquer à la question par ce bout-là. Il ne peut s'agir que d'un casse-tête supplémentaire.

Retour au porcher, au fumier je veux dire. Autant l'avouer franchement, il n'y a pas de fumier sans paille. Encore un truisme, aurait dit ma mère.

La maturation du fumier réclame un soin constant. Elle conditionne, la maturation, celle du lard et de la pensée. Il ne suffit pas de pisser et de chier au petit bonheur sur la paille. Il importe au contraire de savoir doser son effort dans le temps et dans l'espace. Sinon l'entreprise n'est d'aucun profit, je ne parle pas seulement de la récupération du lisier. J'ai connu des cochons qui lâchaient ça n'importe où, tantôt sur la paille, le plus souvent à côté, et bien heureux quand le seau et la mangeoire se trouvaient épargnés. Cela dit, je n'ai rien contre la coprophagie, chacun mène sa barque comme il l'entend. Je suis d'une autre école, voilà tout. Une telle opinion pourra me faire passer pour un cochon de gauche. À quoi d'autres rétorqueront, texte à l'appui, que j'ai plutôt l'air d'un porc de droite. Si on me demandait mon avis, je préférerais déclarer que je suis un cochon du centre, mais il n'est pas sûr qu'on puisse toujours quelque chose contre son destin. L'essentiel, d'ailleurs, c'est de demeurer, au-delà des querelles de chapelles, un cochon ordinaire. À tout prendre, mieux vaut un cochon d'extrême droite qu'un humain d'extrême gauche. Du reste, droite, gauche, centre, centre-droit, centre-gauche, ça n'a qu'une signification relative, ici. Le local offre toutes les possibilités d'aller et de venir la journée durant, et même la nuit si tel était mon bon plaisir. Aussi n'est-il pas rare de me voir attaquer la journée à gauche, quasiment enlacé au mur qui vient de bercer mes rêves. Puis je change mon fusil d'épaule et oblique subrepticement vers la droite. Une déviation qui ne laisse pas de m'inquiéter parfois. Mais c'est ça ou l'immobilisme. Quant à prétendre que le glissement à droite est préférable à l'immobilisme de gauche, je ne m'y risquerais pas. Ce serait privilégier abusivement le mouvement au détriment de l'inertie et de ses vertus. Je m'en voudrais de commettre une injustice tant à l'égard de l'une que de l'autre. Car si je suis pour la liberté, du moins conditionnelle, comment voudrait-on que je sois inconditionnellement contre la justice ? Il faut savoir faire les parts égales ou renoncer au bonheur. Un quart d'heure de mouvement, suivi d'un quart d'heure d'inertie, montre en main, voilà comment j'entends la vie. Certes, il m'arrive dans les moments de faiblesse (un cochon ordinaire n'est pas un surhomme) de maudire l'alternative entre un immobilisme fécond et une mobilité stérilisante. Mais mon sens du compromis m'incline, là comme ailleurs, à couper la poire en deux. Je m'en sors habituellement en conciliant les contraires, c'est-à-dire en marchant sur place, le long du mur de gauche. Semblable pratique peut à la longue conduire à la monotonie, je ne le nie pas. Mais d'où tient-on que la vie doive être exclusivement génératrice de plaisirs ? Voudrait-on, par hasard, que le sens du devoir ne s'accompagnât point de menues contraintes ? Je plains décidément les idéalistes. Rien n'empêche d'ailleurs de contourner l'obstacle, soit en se ménageant des pauses, soit en alliant la course à la marche, l'une après l'autre, je veux dire. Personnellement, je conseille une combinaison harmonieuse des trois. Ainsi, parti de la stagnation pure, ai-je le loisir d'enchaîner avec la marche puis, après un temps convenu, de passer à la course, modérée ou fournie. De là, nul inconvénient à en revenir à la marche, que je peux choisir dans une gamme allant de la flânerie bucolique à la détermination du marcheur de compétition, déhanchements compris. Serait-ce trahir que de se ménager ensuite une pause ? Je ne l'ai jamais pensé. Mais je peux tout aussi bien me catapulter de nouveau dans la course. Je veille seulement à éviter l'absence de transition entre l'état de course, notamment au galop, et la stagnation pure. Ces considérations valent pour une mise en œuvre à partir de l'état d'inertie plus ou moins volontaire. Mais je peux aussi bien partir de l'état de marche. De ce point de vue, je le reconnais, il n'est guère que deux solutions envisageables. Comme, du reste, de tous les points de vue. Mais pour l'heure, marchons. Et posons-nous la question suivante : en cas de nécessité, pourrai-je me réfugier ailleurs que dans la course ou dans la pause ? La réponse est nette : c'est non. Que faire alors, disait déjà Lénine. Je répondrai clairement : d'abord ne pas céder au désespoir qu'engendrent les alternatives délicates. Ensuite, laisser venir. Et pour finir, contre-attaquer au moment opportun. On veillera à ne pas évacuer le problème sous prétexte, par exemple, de l'impossibilité métaphysique du choix. De même, on se gardera de se précipiter simultanément dans la course et dans la pause. Il n'en résulterait qu'une action brouillonne relevant plus de la schizophrénie que d'une quelconque discipline de lutte à l'intérieur du local.

On le voit, il y a quelque malveillance à assimiler le local à un lieu de contrainte. Ma liberté d'action est loin d'être négligeable. Encore ne me suis-je étendu que sur la libre disposition de la marche, de la course et de la pause. J'aurais aussi bien pu développer la question des sauts, laissés eux aussi à mon entière discrétion. Je peux sauter comme je l'entends, ici.

En longueur ou en largeur, à cloche-pied ou en roulé-boulé et même en hauteur, n'était mon embonpoint. Le saut périlleux lui-même ne m'est pas interdit. Et s'il me plaisait, quelque jour, de jouer à la marelle ce n'est pas l'équarrisseur qui trouverait à y redire.

Certes, dira-t-on, la liberté d'action est indiscutable. Mais la liberté de pensée dans tout ça ? Car si la liberté d'action n'est pas à dédaigner, elle n'est rien, ne l'oublions pas, sans la liberté de pensée. Je n'irai donc pas par quatre chemins : ma liberté de pensée est rigoureusement égale à ma liberté d'action. Pour ne pas dire légèrement supérieure. Car si ma liberté d'action est partiellement susceptible de remise en cause, ma liberté de pensée est imprescriptible en totalité. Prenons un exemple : supposons que, pour des raisons qui la regardent, la direction des abattoirs décide brusquement de m'enchaîner à la mangeoire ou, mieux, de m'accrocher au plafond par les pattes de derrière. Ma liberté d'action en serait-elle oui ou non entravée ? Mais si, mais si, elle le serait. Et ma liberté de pensée, tant qu'on y est ? Égale, rigoureusement égale, pour ne pas dire légèrement supérieure du fait de l'afflux de sang au cerveau. J'ajoute qu'il n'est pas mauvais, parfois, de considérer sa propre situation sous un angle différent. On voit qu'il n'y a pas lieu de s'alarmer de théories modernistes selon lesquelles la liberté d'action conditionnerait totalement la liberté de pensée. Je suis prêt à démontrer le contraire quand on voudra. Il ferait beau voir qu'on ne puisse plus penser la tête en bas ! On doit donc s'élever avec force contre cette entreprise de démoralisation qui ne vise rien moins qu'à saboter la production. De tels agitateurs devraient être passibles de l'équarrissage immédiat. C'est dans les solutions radicales que réside l'avenir de la race porcine, non dans la démagogie humaniste.

Quelques équarrissages publics pratiqués sur les récalcitrants seraient de nature à rassurer l'opinion. Sinon, il est à craindre que la situation continue à se détériorer. Il n'est pas indifférent de rappeler que l'avant-garde s'en prend désormais à la notion même de consommation. Il s'agit tout bonnement de nier la raison d'être du cochon, de le réfuter dans son essence. L'évolution amorcée depuis une décennie est à cet égard significative. Sous prétexte de substituer le porc maigre au porc gras, on pose les premiers jalons de la liquidation. Le pseudo-débat sur la quantité, soi-disant opposée à la qualité, comme si les deux n'étaient pas liées, n'est qu'un slogan mystificateur. L'infiltration des centres de décision rend chaque jour plus crédible l'hypothèse de l'abattage anticipé. Je ne serais pas surpris que l'équarrisseur décide sous peu d'instaurer l'abattage en cours de freinage, voire au milieu de l'engraissage. De là à l'étendre à la période du sevrage, voire dès avant la castration, il n'y a qu'un pas, vite franchi par les technocrates de tous poils. Il suffit de se rabattre ensuite sur les truies et verrats et la question est réglée. À terme, c'est donc purement et simplement la mort du cochon, si l'on n'y prend garde.

DE L'EXTÉRIEUR, je ne connais pas grand-chose, sinon par les promenades dans la courette et les bruits divers qui me parviennent des murs, du plafond, voire du plancher comme je le démontrerai si ça devient nécessaire. Mais ça le deviendra, je m'y engage. Je pourrais encore évoquer, dans l'ordre des connaissances extra-muros, les randonnées touristiques d'autrefois, quand j'allais au pré pour mes jambons. Je, nous je veux dire, partions de bon matin, à la fraîche, l'âme légère et le cœur en bandoulière. Nous, c'est-à-dire votre serviteur et son porcher, toujours le même ou peu s'en faut. Il n'y a guère que des porchers ici, si j'excepte les cochons, ordinaires ou non. Je n'oublie pas l'équarrisseur, qu'on se rassure, mais j'entends pour le moment me borner au train-train, au ronron, bref à ma sphère d'activités quotidiennes. Je place le Maître trop haut dans la hiérarchie et dans mon estime pour le ravaler au rang d'un vain porcher. On ne saurait du reste assimiler l'équarrissage au quotidien. S'il constitue le but d'une vie, c'est donc qu'il n'est pas cette vie, ah. À moins, naturellement, que l'abattage se soit produit à mon insu, hypothèse que je me refuse énergiquement à prendre en considération. Car à supposer que je m'exprime depuis le paradis porcin, ou l'enfer de même nom, la différence n'est pas bien grande, le sens de mon combat deviendrait disons plus obscur. Tourner en rond dans le local, passe encore, mais tourner en pure perte, voilà ce que mon faible entendement n'admettra jamais. Si démodé que ça paraisse, j'ai foi dans le devenir de ma marchandise. Elle m'a soutenu depuis ma trop tendre enfance, quand je n'étais encore qu'un misérable cochon de lait. À moi désormais de la maintenir jusqu'au bout. Il est donc vain d'espérer me faire passer à mes propres yeux pour le fantôme du local. Je les connais ceux qui nient farouchement la matière. Ce sont les premiers à ergoter sur la qualité d'un rognon ou à rivaliser d'audace dans l'appréciation d'une échine. Nier une existence dans l'instant même où on la consomme, voilà bien le genre humain tout entier.

J'allais au pré pour mes jambons. Seul ou en groupe. Je préférerais que ce fût seul mais je ne peux pas le prouver. Il y a fort à parier que mes frères et sœurs, à des degrés divers, voire quelques étrangers, m'accompagnaient. Car si j'ai connu mon père, rien ne prouve qu'il ait lui-même connu toutes les truies du voisinage. Si fin bretteur qu'on soit, on ne peut pas tout connaître dans la vie, l'appétit a ses limites.

Nous partions en groupe, c'est inévitable. Si mon père n'en était pas, probablement retenu par d'autres taches, il est vraisemblable que ma mère participait à la fête. J'imagine assez le tableau champêtre et semi-familial tandis que nous cheminons, ma mère par-devant, moi par derrière ou à ses côtés, quasiment dans ses jupes, quelques fâcheux encore et pour finir le porcher, fermant la marche avec ses bottes et sa badine. Je n'ai pas gardé souvenir de cette époque. Ce devait être charmant, puisqu'on le dit. Le porcher n'était alors que bonté à mon endroit. Il me câlinait avec sa badine ou me berçait dans ses bras, au grand dépit de Maman. Sans doute voyait-il en moi un sujet d'avenir. J'ai dû le décevoir, le pauvre. Toujours est-il que j'ai appris, depuis, à ne plus badiner avec lui. Dès qu'à bon port, il quittait l'enclos, sans doute appelé à d'autres fonctions. À nous la liberté, alors. La journée se consumait en gambades et jeux éducatifs de toutes sortes. C'est ainsi que j'ai pris formes, sans en avoir l'air. Le travail ultérieur, intérieur, celui du local, n'est qu'un complément. Il n'est pas de bonne politique de tasser le jambon dès sa naissance. Mieux vaut le laisser courir en semi-liberté. Le cadre seyant d'un enclos sert cet objectif à merveille. Là où un porcher aveugle emprisonnera d'emblée le jambon dans un local aussi exigu qu'insalubre, le porcher éclairé ne verra que des avantages à le laisser s'exprimer dans un pré vaste et fleuri. Au-delà des styles, ce sont deux conceptions différentes de l'existence. Quoi qu'on prétende, le jambon a son opinion sur la question. Le moment venu, il saura montrer de la reconnaissance envers son bienfaiteur. Point besoin de discours moralisateurs pour lui faire regagner le local. D'instinct, il saura discerner son intérêt. Et pour finir, il se donnera avec abandon et générosité. Tandis que le jambon confiné entre ses murs, sans expérience de la vie, aigri dès sa mise bas, n'aura qu'acidité et rancœur à proposer.

Je jouais au vétérinaire avec mes cousines. Je dis mes cousines, c'étaient peut-être mes sœurs, voire mes frères, autant jeter le voile sur ces questions délicates. Ma compétence ne s'étend pas à l'étude de l'inceste sur la qualité ou les formes du jambon. Du reste ma mère, la petite polissonne, sachant de quoi il retournait, nous surveillait de son œil glauque et bienveillant. Elle savait, je pense, jusqu'où nous pouvions aller trop loin et serait intervenue, j'espère, le cas échéant. Ce n'est donc pas à cette occasion que j'ai connu l'amour. Plus tard non plus, d'ailleurs. Car même à cette époque, il y avait longtemps que l'homme aux ciseaux avait produit son œuvre. Une opération sans gravité dès lors que pratiquée en temps voulu et que le castreur n'est pas exagérément porcophobe. Le mien ne l'était pas, il faut croire, si j'en juge par l'absence de souvenir que j'en garde. Il est vrai que je ne me souviens jamais de rien que par procuration. De sorte qu'il se pourrait que j'abuse en toute bonne foi l'opinion en parlant de moi comme d'un cochon ordinaire, — quand il n'y a peut-être là qu'une vulgaire cochonne. C'est du reste sans importance. Il n'est que les sexistes forcenés pour prétendre que le jambon mâle soit supérieur à son homologue femelle. Les deux font la paire, voilà tout, n'importe quel charcutier vous le dira. En matière de cochon, les discriminations sexuelles sont déconseillées. Sinon, comment freiner la perversité de certains consommateurs. Il en va de même des races, qu'il vaut mieux ne mentionner qu'à titre de curiosité intellectuelle et gastronomique. Pourtant, entre le Porc Blanc de l'Ouest, dont je m'enorgueillis d'être un digne représentant, et ce cochon d'Anglais du Yorshire, tellement bigarré, quel rapport, du point de vue de la robe comme de son port ? Quant à la qualité de la marchandise, je serai fair-play. Il n'est que d'examiner le contenu de la robe noire et blanche de nos malheureux confrères, dont on se demande en vain si c'est du lard ou du cochon, pour être instantanément édifié. Allons, nous avons encore de beaux jours devant nous. C'est le message que j'aimerais laisser à mes compatriotes au moment de prendre congé pour accéder à une destinée plus haute.

C'était la belle époque. Je m'en donnais à cœur joie d'un bout à l'autre de la sainte journée. Certes, j'entendais parfois, avec une persistance qui aurait dû me mettre la puce à l'oreille, des bruits insolites en provenance des abattoirs. Sans doute des collègues récalcitrants ou insuffisamment préparés à l'assaut final. À se demander si d'aucuns, au moment d'aboutir, ne se figurent pas qu'on les mène de nouveau en direction des verts pâturages. Pourquoi pas dans le ventre maternel, tant qu'on y est ? Je les imagine se ruant dès l'ouverture du local et renversant tout sur leur passage. La queue frétillante et le naseau écumant, voici la horde tambourinant à l'huis des abattoirs et réclamant satisfaction séance tenante. Dès que dans la place, évidemment, c'est une autre chanson. On crie à tue-tête, on se rue dans l'autre sens, ce qui a du moins l'avantage de faciliter le travail de l'équarrisseur. Dans ces conditions, passer l'anneau à la cheville du réfractaire devient une formalité. La plupart des postulants n'y voient d'ailleurs que du feu. Et ce n'est que pattes en l'air et tête baissée, sans honneur, que certains se disent, mais un peu tard, qu'on ne les y reprendra plus. Voilà où mène le laxisme. À se faire un tel mauvais sang, comment prétend-on assurer la qualité du boudin ? La sagesse populaire n'en est pas dupe, qui n'hésite plus à assimiler toute conclusion fâcheuse à cette fin en eau de boudin. Si, encore, le sabotage du boudin procédait d'un acte militant, fût-il contestable, il n'y aurait que demi-mal et la morale serait sauve. On peut comprendre que d'aucuns, certains jours, sous certaines conditions, en proie à un vague à l'âme plus ou moins légitime, en viennent à des extrémités douteuses. Mais s'il s'agit de compromettre la finalité de l'espèce par des pratiques, je pèse mes mots, inconsidérées, qu'on ne compte pas sur moi pour une approbation sans réserve. Qu'arrivera-t-il le jour où, excédé par ces pratiques infantiles, le syndicat des charcutiers, réuni en séminaire, en viendra à boycotter officiellement le cochon pour la fabrication du boudin, soit en lançant sur le marché un boudin synthétique, soit, plus vraisemblablement, en faisant appel au concours désintéressé d'autres espèces, ce ne sont pas les traîtres à la classe porcine qui manquent, à commencer par le cheval, la plus noble conquête de l'homme soi-disant, comme s'il y avait lieu de s'en vanter, dans un cas comme dans l'autre ? Et je ne parle du boudin qu'à titre exemplaire. De fil en aiguille, c'est la totalité du cochon qui risque de faire les frais de l'opération. Sans doute jambon et rillettes de cheval ne sont-ils pas encore de mode. Mais qu'on les jette dans la bataille de la consommation et l'on verra s'ils ne trouvent pas des supporters. Nous aurons bonne mine lorsque, chassés comme des malpropres de nos locaux bien-aimés, il nous faudra regagner sous les huées nos cavernes d'origine. Je sais bien que le retour au déluge compte aussi ses partisans. C'est même l'unique revendication de ceux qui refusent d'envisager l'ultime soubresaut du strict point de vue de l'efficacité. Dès lors que, tirant leur épingle du jeu, les collègues peuvent bien crever, ils s'en lavent les mains. C'est bien joli le retour à la terre, encore faut-il un programme. Beau programme, en effet, que celui qui consiste à brader l'héritage à des fins personnelles. L'histoire du Cochon ? Pfft ! La genèse du Jambon Cru ? Bah ! La conquête des règles de sécurité en matière d'abattage ? Bof ! Alors que je me tue à expliquer que tout retour en arrière est non seulement utopique mais dangereux pour l'espèce. Mais puisqu'on m'y contraint, je n'hésite plus à affirmer que loin d'être la pure contingence qu'on prétend, la vie du cochon a un sens. Qui plus est, un sens obligatoire. Ce sens faute de quoi on chie sur ses ancêtres c'est, premièrement le pré, deuxièmement, le local, troisièmement l'abattoir. Il n'y a pas à sortir de là. Le sens interdit, c'est de vouloir retourner au pré depuis le local, au local ou au pré depuis l'abattoir. Il n'est tout de même pas nécessaire de sortir de l'I.T.P. (Institut Technique du Porc) pour comprendre ça. Mais je ne vais pas m'échauffer le sang à énoncer ces évidences. Autant prendre un exemple. Supposons qu'un beau matin, de printemps, un porcher jovial et boutonneux pénètre au débotté dans le local et m'intime l'ordre de le suivre au pré. Que faire, en une occurrence si tragique ? Vais-je bondir de joie, trépigner d'aise piaffer d'impatience devant la porte de la courette ? Ce serait mal me connaître. Vais-je au contraire poser mes conditions, exiger, par exemple, le remplacement préalable du seau par un abreuvoir automatique ? Ce serait me faire injure que de me croire assez odieux pour profiter de mon avantage. Alors quoi ? Eh bien rien, tout simplement. Je continue de vaquer, comme si de rien n'était. S'il insiste, bien sûr, je me verrai dans l'obligation de lui refuser poliment. Mais fermement. Je peux même me permettre un brin d'ironie intérieure, voire souiller sournoisement ses bottes au passage. Légalement, je suis couvert. Par contre, qu'il m'invite à lui emboîter le pas jusqu'aux abattoirs et il ne me reste plus qu'à m'exécuter. Je ne vais tout de même pas me mettre dans mon tort pour le plaisir de la contestation. Mais pour le pré, nenni. M'y traînerait-on de force que je continuerais à m'y comporter avec la même rigueur que dans le local. Deux mètres sur deux, tant de pas à gauche, tant de pas à droite, les parcours en diagonale et en rond, tout ça n'est pas difficile à reconstituer. Qu'ai-je à faire, dans ma situation, d'un tel espace ? Sans parler du vertige des hauteurs qui ne manquerait pas de me tomber sur la tête. Face au vide intersidéral, comment voudrait-on que ma longe ne soit pas saisie d'effroi ? Pour un peu, mon boudin s'en glacerait dans mes veines. Holà, je ne tiens pas à avorter prématurément ! Il est donc exclu que j'expose mes jambons à cet ultime galop champêtre. Le porcher pourrait bien, dans sa fureur satanique, laisser les portes du local et de la courette ouvertes que ça ne m'induirait pas en tentation. Mon seul péché serait probablement d'essayer de les refermer par tous les moyens. Exercice périlleux, si l'on admet qu'un cochon ordinaire n'a rien d'un portier. Pourtant, je n'aurais de repos que l'une au moins des portes, celle du local par priorité, soit de nouveau bouclée. Ce n'est pas une mince entreprise. Car pour fermer une porte, comme d'ailleurs pour l'ouvrir, mais ne nous embrouillons pas, il n'est guère que deux méthodes possibles : ou alors on pousse, ou alors on tire. D'où je me trouve (à l'intérieur du local) la porte s'ouvrant, suivez-moi bien, de l'intérieur vers l'extérieur, je ne puis, sauf à sortir dans la courette, que tirer. Mais l'art de tirer, de même que celui de pousser se divise lui-même en deux catégories : soit qu'on tire dans le sens de la marche, comme un bœuf consciencieux devant sa charrue, soit à reculons, en un mouvement antinaturel et dès lors suspect. Un cochon ordinaire, ne l'oublions pas, ne recule jamais que contraint et forcé. En temps ordinaire (mais qu'y a-t-il de si extraordinaire à ce qu'une porte soit ouverte ?) il est exclu que l'idée même de progression à reculons se forme dans son esprit. À bien y regarder, je n'ai donc d'autre choix que de tirer dans le sens de la marche, la porte à ma suite. Mais comment l'entraîner dans mon sillage ? Je ne vois d'autre solution que de l'agripper par les pattes de derrière et progresser par bonds.

Cependant, l'aventure n'est pas sans danger. Quel sera mon recours si je me coince le train arrière dans les lattes ? Deux pattes en moins, pour un cochon ordinaire, autant dire que le voilà unijambiste. Mais il n'est pas exclu qu'à la suite de ma tentative désespérée pour me dégager de ce bourbier, mes jambons ne s'enlisent à leur tour. Résultat, voilà déjà la partie la plus chère de mon individu sacrifiée. Et comme je ne suis pas cochon à perdre pieds sans combattre jusqu'au bout, je ne serais pas surpris que mon train avant cède à son tour, entraînant l'effondrement des jambonneaux, des épaules, de la palette, voire d'une partie des abats. Si bien que me voici cul-de-jatte, à présent, et contraint de gagner les abattoirs dans une petite voiture. Adieu la voie triomphale, on ne réceptionne plus le colis que par une porte dérobée. C'est bien fait. Je n'avais qu'à rester tranquillement dans mon coin. Qu'avais-je besoin d'aller tirer cette porte ? La pousser encore, je ne dis pas. Certes, à pousser on court un autre risque, celui de laisser tout ou partie du groin dans l'interstice. Mais le préjudice est moins grave, cela ne se discute pas. Allez donc déduire la part de travail d'une porte dans un pâté de tête ou une fricassée de museau. Qui plus est, la tête n'est pas une partie noble, que je sache. Tandis que le crime de lèse-jambons se doit d'être sévèrement réprimé, ne serait-ce que pour éviter la récidive. Bien obligé de pousser, par conséquent, si je veux fermer cette bourrique de porte. Qu'avais-je besoin de m'encombrer d'une porte si près de l'abattage ? De sorte qu'il me faut maintenant m'extraire du local, c'est-à-dire me traîner jusque dans la courette. Mais qu'à cela ne tienne, il faut accomplir son devoir jusqu'au bout. Apparemment, pas de problème. Un petit coup de tête dans les lattes, combiné avec un départ sur les chapeaux de roues, et le tour est joué. Le reste n'est qu'une question d'esquive, à la manière du matador, olé ! Sans doute faut-il bien calculer son coup. Un appel trop tardif, le coup de reins est inopérant et voilà mon lard pris en sandwich entre la porte et le mur. Plus tardif encore, je rate complètement mon entrée et me retrouve à jamais exilé dans la courette. Et comme un malheur n'arrive jamais seul, je ne serais pas surpris de vouloir fermer aussi la porte de ladite. Moyennant quoi me voici carrément à la rue, si je n'y prends garde. Mais je n'en viendrai pas à cette extrémité. Maintenant que me voilà prévenu, je compte bien ne céder à aucune tentation. L'équarrisseur lui-même devra montrer patte blanche, sinon je fais le mort. On réussira peut-être à m'extrader du local les pieds devant, mais qu'importe, j'aurai ma conscience pour moi. À vrai dire, si j'avais l'assurance qu'on agisse avec autant d'indélicatesse, je profiterais de l'aubaine pour aller me faire abattre sous des cieux plus cléments. On peut m'en croire, n'était le respect de l'intérêt général, il y a longtemps que j'aurais tiré ma révérence à la compagnie. J'aurais bien trouvé à me recaser ailleurs, allez. Il n'est guère de région ni de continent où le cochon ne soit apprécié à sa juste valeur. C'est dire qu'avec mes atours et mes atouts, j'aurais pu refaire ma vie, si j'avais voulu. Ce ne sont pas les porchers qui manquent, encore moins les abattoirs, partout j'aurais été le bienvenu. Dans ma jeunesse, il n'aurait pas fallu me pousser beaucoup pour que je prenne mes jambons à mon cou. J'ai même souvenir de m'être attaqué une ou deux fois à la clôture du pré. Sans lui causer, heureusement, le moindre dommage. Aujourd'hui, je serais bien embarrassé de justifier ces actes de vandalisme. M'est avis qu'apercevant un second pré par-delà le grillage, l'envie me prenait d'en tâter, quitte à laisser tomber le premier comme une vieille chaussette. Mais eussé-je satisfait mon caprice que j'aurais laissé, je le sais maintenant, choir le second au bénéfice d'un troisième. Et ainsi de suite, de pré en pré, jusqu'à ce que, lassé de courir le monde, j'en revienne à mon enclos d'origine. J'ose à peine évoquer pareille frivolité, moi aujourd'hui si placide dans mon local, me tenant le plus près possible du centre et fort avare du moindre mouvement. Sans l'aide de la clôture, j'en serais encore à me chercher dans tous les prés de la planète. Je serais bien avancé, aujourd'hui. Ce n'est pas en se trimbalant d'un enclos dans un autre qu'on peut comprendre le sens réel de la vie. Par bonheur, je compris très vite que j'avais tout à gagner à demeurer là où le ciel m'avait mis bas. Soit dit sans vouloir discréditer le moins du monde le séjour au pré. Si c'est une erreur de laisser courir le jambon au risque qu'il se perde, c'en est une aussi grave, je l'ai démontré, que de l'emprisonner en bas âge. Je dis jambon par commodité. Il va de soi que le propos est reconductible en matière de pâtés, rillettes, saucissons, j'en passe et de bien meilleurs. Un cochon digne de ce nom ne saurait se réduire à sa portion noble, fût-elle la plus populaire. Qu'adviendrait-il de mes jambons sans le concours actif, par exemple, de mes jambonneaux ? Livrés à eux-mêmes, ils dépériraient sur pied, j'en ai la conviction. Ce qui ne veut pas dire qu'ils soient à jamais indissolubles, n'allons pas tomber d'un travers dans l'autre. Vient un temps où la séparation devient une impérieuse nécessité. Leur destin parallèle ne saurait se confondre à l'infini, il n'y a là rien que de très naturel. L'essentiel, dans un premier temps, c'est que chacune des parties prenne son essor dans le cadre d'un cochon autonome, c'est-à-dire dont la liberté de mouvement soit garantie par sa constitution. Exalter la partie au détriment du tout, c'est nuire au cochon dans son entier. Un cochon responsable ne se laisse pas plus mener par ses jambonneaux que par ses jambons. C'est lui qui les mène, au contraire, avec toute l'autorité que lui confère le poids de sa charge. Ce que l'on ne doit pas craindre de nommer une lourde responsabilité.

J'EN AI plein le dos de ces jambons, jambonneaux et consorts. Je parlais de je ne sais quoi quand ces misérables se sont mis une fois de plus en travers de ma route. Si ça ne tenait qu'à moi, je les proposerais tout de suite à l'équarrissage. Vu leur utilité, ce ne serait pas une grosse perte. On exagère l'importance des membres, à mon avis, depuis les prétendus supérieurs jusqu'aux supposés inférieurs, en passant par le viril. En ce qui me concerne, un corps sans pattes aurait mieux fait l'affaire. Je peux bien l'avouer aujourd'hui, si le choix m'en avait été laissé, le cochon n'aurait jamais été ma terre d'élection. J'aurais préféré m'incarner dans le tonneau, tenez, si le choix m'en avait été laissé. Que de fois suis-je resté à baver devant les formes accomplies d'une barrique et que de larmes versées, en présence d'un idéal pour moi inaccessible! Ce n'est pourtant pas faute d'avoir tenté l'impossible. J'en ai passé des journées et des nuits à rouler sur moi-même, à la recherche de la parfaite redondance. Hé oui, si les pattes ne m'avaient entravé, je confinerais à la perfection, aujourd'hui. La tête aussi est un obstacle mais bien moindre. Qui soutiendra sérieusement qu'elle nuit à l'édification du gros œuvre ? Ce n'est qu'ultérieurement, au moment de la finition, qu'elle peut poser problème. Quant à la queue, il n'est que les puristes à tout crin pour la trouver indécente. Personnellement, je milite pour son maintien. En toute circonstance, elle conserve son utilité, ne serait-ce que comme poinçon d'origine ou signal d'alarme.

Oui, un tonneau d'un galbe irréprochable, défiant les siècles et posé comme une énigme au centre du local. La question du sexe, je ne l'ignore pas, reste pendante. N'était son ablation achevée, il y aurait intérêt à le confirmer en ses lieu et place, quitte à le détourner de ses fonctions initiales. Un tonneau à robinet, ça n'a l'air de rien, mais c'est autrement plus attrayant qu'un fût coupé du monde. Sans parler de la nécessité d'une soupape de sécurité. Quelque perfection du bonheur qu'on atteigne, la prudence commande de ne jamais exclure tout à fait l'éventualité des larmes. Une demi-pièce de larmes, soit deux cent vingt litres, ce n'est rien pour moi, quand je m'y mets. Je ne parle pas seulement des larmes de tristesse. Celles-là, j'ai appris à les contrôler, ce n'est qu'un jeu de commander à leur débit. Ma maîtrise est telle que je peux appeler la sécheresse totale ou produire à volonté jeux d'eau, fontaines et arabesques en tous genres. Rien à craindre, le déluge ne viendra pas de ce côté. L'aile de la félicité, par contre, ne laisse pas de m'inquiéter. Car il faut compter aussi avec les larmes de joie. Aussi imprévisibles que torrentielles, elles pourraient ruiner mes projets, si je me laissais déborder. D'où la nécessité d'un robinet de proportions décentes, indispensable par ailleurs à l'évacuation des humeurs.

Je me suis souvent interrogé sur l'empressement du castreur à se ruer dès la mise bas sur un accessoire si anodin. N'était l'action modératrice de l'équarrisseur, il verrait urgence à opérer dès la conception. On peut comprendre que l'être intime du verrat soit l'objet de sa légitime convoitise. Mais comment justifier ses prétentions exorbitantes, on ne saurait mieux dire, en matière de porcelet ? Doit-on voir dans ces pulsions morbides le résultat d'une déformation professionnelle ou la conséquence d'une déviation idéologique ? J'ai le sentiment que la lutte d'influence doit être féroce, en haut lieu. J'imagine l'empoignade entre les membres du conseil d'administration. Ceux qui ont voix au chapitre du moins, à savoir l'équarrisseur, le castreur et le porcher. Une manière de Sainte-Trinité, dont il n'est d'ailleurs pas exclu qu'elle s'incarne en une seule et même personne. Chacun défend son bifteck, c'est humain, mais doit-on chercher pour autant à tirer toute la couverture à soi ? Le castreur, puisque tel est son devoir, est un irréductible de la cisaille. Contrairement à ce qu'on pourrait croire, c'est lui qui incarne la tendance dure du mouvement. À l'entendre, tout ce qui dépasse doit être taillé sur l'heure. Il faut dire, à sa décharge, qu'il ne tolère pas qu'un vide, pour parler pudiquement, ne soit comblé sur-le-champ. De sorte qu'il milite à sa façon pour une égalité toujours plus rigoureuse des sexes. On ne saurait lui tenir rigueur de son zèle. Dans l'ensemble, le cochon lui est redevable de son action de salubrité. Sans son empressement on peut dire, pour le coup, que la porcherie cesserait d'usurper son appellation. Serait-il d'ailleurs encore question de production, au sens noble du terme ? À mon avis, ce serait le règne de la débauche et de l'anarchie. Au silence fécond de naguère feraient bientôt place des chants d'amour plus ou moins sublimés. Le voyageur intrigué s'approche à pas feutrés afin de se former une opinion. Mais horreur et damnation, le voici contraint de se masquer la vue devant la désolation de l'abomination qui s'offre à son regard dans sa sinistre étendue. Là, devant ses yeux, à quelques encablures, l'empire du vice se dévoile, hélas, dans sa répugnante crudité. Dix, vingt, trente malheureux peut-être sont en proie à son ignoble tyrannie. À perte de vue, ce ne sont que jambons entrelacés, jetés à même le fumier dans toutes les positions. L'âme s'attriste au vu d'un tel gâchis. On voudrait crier son déplaisir, intervenir dans un sens ou dans l'autre, inciter du moins les égarés à se reprendre. Tout à son impuissance, on frappe du poing sur les lattes tandis que, de rage, le pied se prend à manifester son humeur contre la porte close. Mais ce n'est là que peine perdue, on s'escrime en vain. D'un bout à l'autre du local, ce ne sont qu'émissions et démissions. Rares ceux qui, faisant machine arrière, acceptent de ne plus se comporter en Jean-Foutre. La plupart, traitant la question par-dessus les jambons, redoublent comme à plaisir de cochonneries. Et ce n'est que toute honte bue qu'ils acceptent de mettre un terme à leur coupable industrie. Dès lors, comment ne pas partager l'effroi du castreur? Sans doute, pour l'équarrisseur, ces préoccupations restent-elles sans fondement. Pour lui, seul compte le résultat. Si le besoin s'en faisait sentir, il n'hésiterait pas à payer de sa personne pour tenter de l'améliorer. Entre ces adversaires irréductibles, il s'agit donc d'une lutte à mort. Quant au porcher, écartelé entre les deux écoles, il ne lui reste plus qu'à se retirer sur la pointe des pieds, la queue entre les jambes. L'incitation à la débauche, sous prétexte de plaisir fallacieux — comme s'il n'était pour le cochon des joies plus sereines — n'en traduit que mieux l'offensive pour détourner la production à des fins inavouables. Non que je tienne chaque participant de ces tristes bacchanales pour un traître en puissance. Il est vraisemblable que la plupart sont téléguidés. Le bon sens se refuse à admettre qu'ils se laissent manipuler sans y être préalablement excités. Mais le gaspillage n'en reste pas moins vertigineux. Ne l'oublions pas, l'éjaculat d'un cochon non castré, s'élève en moyenne à deux cent cinquante centimètres cubes se décomposant officiellement comme suit : d'une part, deux cents centimètres cubes de sperme liquide, d'autre part, cinquante centimètres cubes d'une substance solide, composée de grains blanchâtres, de consistance pâteuse et de goût incertain, dont le rôle reste mal défini, mais que le professeur Négrerie n'hésite pas à baptiser du doux vocable de « Tapioca ».

L'audace pourra choquer ceux pour lesquels ces questions délicates ne sauraient décemment se traiter que sous le manteau. Je tiens par conséquent à affirmer ici, avec l'indignation préventive nécessaire, que notre propos ne procède en rien de la pornographie, encore moins de l'érotisme, pas même du nu artistique mais bel et bien de la science, rien que de la science. Bref, le temps n'est plus où l'on pensait de bonne foi fabriquer du porc en éjaculant dans l'oreille de la bien-aimée. Et tant pis pour ceux qui refusent de s'ouvrir à un dialogue plus fécond. Il n'est pas mauvais, pour une fois, de remettre les choses à leur place véritable.

Soit donc, qu'on le veuille ou non, deux cent cinquante centimètres cubes par coup et par donneur. Soit encore, pour parler franc, un quart de litre, tapioca compris. De sorte qu'il suffit de quatre cochons décidés, le professeur Négrerie ne nous démentira pas, pour remplir le litron. Sans doute n'y a-t-il pas lieu d'en tirer trop d'orgueil. Après tout, l'éjaculat cochon n'est guère que cinq fois plus volumineux que celui de l'étalon, lui-même dix fois supérieur à celui du taureau. Il est par contre permis de se perdre en conjectures sur l'ampleur du désastre infligé au porcher le plus puissant de sa corporation. Un chiffre suffira à illustrer ce nouveau Trafalgar. Qu'on songe en effet que cent porchers au summum de leur condition ne parviendraient qu'à grand-peine à endiguer l'assaut d'un seul cochon, toute question de tapioca mise à part, dans un cas comme dans l'autre. On peut me faire confiance, je n'avance pas ces chiffres à la légère. Qu'il me soit toutefois permis, bien que faisant bande à part, de fustiger ceux pour lesquels la garantie d'être bien montés découle de l'obstination à péter plus haut que leur cul. Car on peut pousser plus loin la comparaison et admettre, avec les professeurs Négrerie et A.-M. Leroy, qu'un cochon bien mené se fait fort de produire un éjaculat dans les cinq minutes. Les docteurs Motte et Desruisseaux, sans se montrer si optimistes, abordent la question dans leur best-seller, *La glande pinéale,* interdit aux cochons de moins de dix-huit ans. Selon eux, il semblerait que Leroy et Négrerie tronquent effrontément leurs chiffres dans le but de se mettre en valeur ou, plus exactement, de se vanter. À croire que ces misérables se sentiraient atteints dans leur virilité pourtant chétive s'il leur fallait admettre la vérité, à savoir qu'un éjaculat nécessite, hors compétition, près de dix minutes d'efforts ininterrompus, ainsi que les statistiques l'attestent, testicules en main. Mais comment nier d'autre part, et c'est au tandem Motte-Desruisseaux que je m'en prends, que d'autres considérations entrent en ligne de compte ? Qu'il me soit seulement permis de rapporter ici les confidences d'un oncle, décédé depuis, dont je tairai le nom afin de ne pas salir la mémoire. Selon lui, là comme ailleurs, on ne donne pas suffisamment la parole au peuple. Et de se plaindre amèrement qu'il est plus facile d'ériger des courbes dans l'anonymat d'un bureau que de s'ériger soi-même en chevalier servant d'une truie timorée lors d'un concours de monte publique. Tu verrat, me disait-il, il n'y a que l'amour qui compte, dans la vie. Hé oui, l'amour ! Crois-tu que ces messieurs à costume et cravate aient vraiment connu l'amour, du moins dans les mêmes proportions ? Allons, leur histoire d'éjaculat saute aux yeux. Cinq minutes, qu'ils disent, j'aimerais les voir à l'œuvre. Tout est dans la truie, mon garçon, crois-en mon expérience. J'ai connu des truies qui m'inspiraient au point que cinq minutes m'auraient paru l'éternité. J'étais de taille à les honorer en moins de temps qu'il ne faut pour le dire. Crois-moi, mon garçon, dans ces cas-là, pas besoin de tourner autour du pot. Un coup d'œil entre les jambons et ma passion débordait, n'en déplaise au porcher. Il me semble qu'il aurait préféré un empressement tout aussi fourni mais un peu plus tardif. Seulement l'amour ça ne se commande pas, comprends-tu fiston? Oui tonton. D'autres fois, je restais pantelant malgré les invites du porcher et de son bâton. Pourtant la promise était consentante, sacrebleu, impossible de se tromper. Les signes de sa tendre inclination plaidaient en ma faveur. Il faut savoir, fistounet, que la truie amoureuse chevauche ou se laisse chevaucher par ses consœurs, lesquelles, naturellement, n'y peuvent mais. Mise en présence de son futur, la belle se raidit avant lui et s'immobilise, tandis que l'entre-jambons gonfle à plaisir, au point d'en rougir de timidité. Tout était donc réuni pour l'exercice de ma fonction. Un bon mouvement et l'affaire était dans le sac. Hélas, quand Cupidon nous boude, il n'y a rien à en tirer. Je finirai par croire que l'amour est un mystère, mon garçon, un mystère. Ainsi parlait mon tonton du temps de sa splendeur, quelques jours avant d'être métamorphosé en saucisson sec. J'ai donc de bonnes raisons de me méfier des chiffres, toujours susceptibles d'être trafiqués selon les besoins de la conjoncture et la personnalité plus ou moins libertine du chef de service. Admettons néanmoins les cinq minutes comme un délai plausible. Dans cette hypothèse, il n'est pas difficile de calculer le temps nécessaire au remplissage du tonneau à propos duquel j'ironisais tout à l'heure mais qu'en réalité je gardais pour la bonne bouche. Au rythme modéré de trois litres à l'heure, un cochon ordinaire non castré aurait la partie belle de s'en acquitter en soixante-treize heures et vingt minutes. Soit à peine plus de trois jours entiers. Mais qu'est-ce que c'est, trois jours, même bien remplis, dans la vie d'un cochon viril ? S'agirait-il de combler le local, l'entreprise reste encore dans nos cordes. Huit mille litres, tout de même, ce n'est pas la mer à boire ! Les chiffres sont là pour confondre ceux qui douteraient de nos capacités de conduire à son terme cette expérience enrichissante. Voyons ça : huit mille litres équivalent à un travail en profondeur de deux mille six cent soixante-six heures et quarante minutes. Soit cent onze jours, deux heures et quarante minutes. Soit encore, pour peu qu'on préfère verser en mensualités, trois mois, trois semaines, deux heures et quarante minutes, autrement dit 111,1111111, etc., jours, on ne me fera jamais croire qu'il s'agit là d'une simple coïncidence. Car les petits malins qui prétendraient refuser l'évidence, à savoir qu'ils se trouvent enfin devant la race élue, ou se rabattraient, pour plus de mauvaise foi, sur le chiffre mensuel, n'en seraient pas moins confondus. En effet, si trois mois, trois semaines et quelques broutilles d'activisme visqueux suffisent à faire déborder le local, c'est aussi le délai imparti à la cochonne responsable pour jeter bas le fruit de ses entrailles. La démonstration est faite que le roi de la création n'est pas celui qu'on attendait. À part le porcher, qui peut raisonnablement contester cette évidence? On conçoit la jalousie d'un gringalet impuissant à s'acquitter de la même tâche en moins de trente années d'un labeur exténuant. Autant dire que nous n'avons pas à redouter sa concurrence dans les siècles à venir.

Le local comblé, à peine peut-on s'accorder une minute pour souffler que le postérieur de la légitime, fier d'avoir mis bas sa postérité, réclame déjà des soins que l'amant n'a du reste cessé de lui prodiguer. Et voilà nos stakhanovistes de la reproduction en route pour de nouveaux horizons. Grand bien leur fasse. Personnellement, ça ne me fait ni chaud ni froid. L'amour, toujours l'amour. Il n'y a pas que l'amour, dans la vie ! Est-ce que j'en parle, moi, de l'amour ? Je pourrais pourtant en dire long, si je voulais. En matière de grattage, par exemple. Si l'on excepte l'une ou l'autre partie de son individu, le verrat est loin d'être un expert de la démangeaison. Grand bretteur peut-être mais petit gratteur, petit gratteur. Je suis même disposé à l'affronter quand on voudra. Qu'on m'introduise dans son local et qu'on éloigne cette truie que je ne saurais voir. Qu'on tienne plutôt à ma disposition un tombereau de fumier et quelques fûts de purin dont on aura d'abord contrôlé l'acidité. Puis que chacun s'active sans copier et que le meilleur gagne. J'ai gardé une forme étonnante, pour mon âge. Je peux me rouler des heures dans le fumier ou m'ébrouer sans fin dans le purin, au point d'en devenir méconnaissable. Mais il ne s'agit là que d'inoffensives prémisses. Le grattage réel ne prend son envol que dans un second temps. On se croirait dans un rodéo. Ce n'est plus qu'un feu nourri des quatre fers, sans oublier la tête et la queue, au travail pour leur propre compte. La porte et les murs s'intègrent à la bacchanale et prêtent leur concours à l'assouvissement général. Dès lors, le grattage bat son plein. Un festival de toutes les positions, aussi bien en levrette qu'à la missionnaire. Le verrat médusé, s'il fait mine de pistonner sa mie, n'en désiste pas moins, au physique comme au moral, tant il se trouve pris à revers par ce Kâma-sûtra insolite. S'il existait une association de gratteurs, j'en serais un membre actif, c'est le moins qu'on puisse dire. L'engraissage achevé, il n'y a rien à redire à ce que le porc charcutier prenne du bon temps. Une activité musculaire modérée n'est pas préjudiciable à la marchandise, au contraire. Il est toutefois naturel que le porcher, sentant que nous débouchons du tunnel, tremble à l'idée d'un accident qui ruinerait sa saison. Si conservé qu'on soit, un faux pas est vite arrivé. L'effet du jeûne aidant on prétend jouer au jeunot, on se dit qu'on les aura, on esquisse un pas de deux, puis quelques rythmes de claquettes et patatras, voilà le jambon jeté à terre et ouvertement fracturé. Une perte irréparable. Soyons franc, si près du but, il est exclu de le plâtrer. Quant à la gouttière, elle part d'un bon sentiment, mais elle ne l'empêchera pas de se sentir réprimé jusqu'à son dernier souffle. Ni le vétérinaire d'être pris d'un fou rire au moment de l'annoter. J'ai donc mille fois raison de ne consentir à mettre un pied devant l'autre qu'en cas de nécessité. C'est le seul moyen de me mener à coup sûr à mon terme, pour la satisfaction de tous, petits et grands. En dépit des apparences le sort du verrat est-il si enviable ? Tant qu'il est jeune et fringant, passe encore, ce ne sont que tapes amicales sous les reins et primes dans les concours. Mais à force de tirer sur la ficelle, elle finit par casser, ou du moins se détendre, si bien que don Juan, naguère empressé, n'a plus que ses yeux pour pleurer. Le muscle n'est pas tout, encore faut-il préserver ses arrières. On verra bien ce qu'il restera de cette splendeur le jour où, chauve et bedonnant, la direction, estimant que la comédie a assez duré, en viendra à jeter aux chiens l'objet de son unique orgueil. Sans parler du reste, indifféremment haché pour les pâtées ou débité — c'est le cas de le dire — en saucissons anonymes et tristes. Tandis que le cochon qui aura su voir plus loin que le bout de son groin sera récompensé des sacrifices consentis à la cause commune. De son vivant, il aura pu paraître insignifiant mais sa gloire, pour être posthume, n'en sera que plus éclatante. Il restera à jamais dans les mémoires, on lui dressera des statues, des romans chanteront son épopée. Quant au verrat, jeté prématurément dans les poubelles de l'Histoire, il sombrera dans l'oubli éternel. Voilà ce qui arrive, quand on n'est pas sage.

DU CÔTÉ de la courette, l'ordre règne. Je garde l'œil rivé sur les interstices et ne manquerai pas de signaler le moindre incident, on peut me faire confiance. Par contre, les bruits qui me parviennent des murs et du plafond ne laissent pas de m'intriguer. Durant l'engraissage, je ne leur prêtais qu'une attention distraite. Il est vrai que le vacarme de ma propre mâchoire m'interdisait toute autre mobilisation que celle du goût, à la rigueur de l'odorat. Maintenant que mon bruit et ma fureur se sont tus, j'ai tout loisir de me consacrer à une audition plus raffinée.

Je ne serais pas surpris que mon local soit cerné par des locaux similaires. Quelque amertume qu'en éprouve mon amour-propre, c'est la conclusion à laquelle j'en arrive. Si les locaux latéraux n'interpellent pas spécialement mon entendement, j'admets que celui ou ceux du plafond m'intriguent. D'ici que je découvre avoir vécu toute ma vie dans une HLM, voire un immeuble de standing ! J'aurais dû être plus attentif en entrant. La vérité, c'est qu'on n'est jamais assez prévoyant, en matière d'urbanisme. Je n'avais d'yeux que pour mon local, à l'époque. Dès lors qu'élisant domicile au rez-de-chaussée, séjourner dans un bidonville ou dans l'Empire State Building m'importait autant que ma première chemise. N'empêche que j'ai toujours vécu dans la conviction qu'il n'y avait rien ni personne au-dessus de moi. Je m'en serais rendu compte, sinon. À moins que l'architecture se soit modifiée entre-temps. Vu l'obsession des hauteurs qui agite le plus grand nombre, je n'en serais pas surpris. Le dernier des cochons n'est pas à l'abri de ce virus. C'est dire le caractère relatif de la notion de gauche et de droite à l'intérieur des locaux. Voilà beau temps que l'agitation s'est déplacée du plan horizontal au plan vertical. Au point qu'il n'y a plus ni droite ni gauche, sinon de complaisance, ici, sur le plancher des cochons ordinaires.

À se demander si des trappes ne sont pas pratiquées dans le plafond de certains locaux. Pas tous, sinon il y a belle lurette que je serais à débattre de ces questions dans les étages supérieurs. Sans doute les trappes sont-elles réservées aux aspirants porchers. Quoi qu'on prétende — et qui le prétend, sinon ces messieurs —, les différences anatomiques entre le porcher et son pensionnaire sont minces. Un extra-terrestre averti ne verrait là que des particularismes locaux. Pour ma part, je ne distingue en lui qu'un cochon ordinaire dégénéré. Il suffit de jeter un œil sur la négligence dans laquelle il tient sa propre marchandise : atrophie des jambons, travers de côtes énigmatique, jambonneaux dérisoires… Ou de se le représenter avant sa chute, au temps béni où l'instinct des hauteurs l'épargnait encore. On mesure alors l'étendue du carnage. Voilà où mène l'ambition sordide. Dès lors que privée de sa finalité naturelle, on comprend que la vie perde de son sens. Le sujet glisse imperceptiblement vers la révolte, d'abord intérieure, et de ce fait respectable puis, de fil en aiguille, passe à la rébellion ouverte. L'outil de travail devient le cadet des soucis, on n'a de cesse de ruer dans les brancards et faire verser le local. Le désespoir aidant, on finit par implorer le ciel puis par imaginer ou constater au plafond l'existence d'une trappe salvatrice. Il n'en faut pas plus pour voir des troupeaux de cochons se dresser sur leurs ergots et s'élancer à la conquête des portes du ciel. Évidemment, on ne renie pas sa nature sans laisser quelques plumes dans la bagarre. Mais le pli est pris. Finies les vicissitudes de la production, il ne sera plus question désormais que des aléas de l'ascension.

L'indignité ne se limite en rien à la promotion personnelle. Encore faut-il mystifier la classe laborieuse en suscitant une gauche et une droite bidons dans les culs-de-basse-fosse quand le débat réel se déroule à l'étage supérieur, entre les diverses factions de porchers. Voilà qui suffit à neutraliser la classe porcine pour longtemps, dès lors que la mangeoire est pleine. Un répit qui permet aux porchers de poursuivre l'ascension en querellant de plus belle. Car la lutte est impitoyable et tout divise les porchers, excepté leur aversion commune pour les cochons. C'est dire la bousculade au portillon des trappes, d'un étage à l'autre.

Pour donner consistance à ce tropisme on peut imaginer chaque succès assorti de l'attribution d'une surface progressive. Il s'agit, en réalité, pour chacun des promus, de prendre ses distances vis-à-vis de son collègue le plus proche. De sorte qu'à mesure que se poursuit l'ascension, l'Édifice — imaginaire ou réel — ne laisse pas d'apparaître comme une pyramide inversée, dont un esprit facétieux aurait fiché la tête en terre.

Si chaque local croît à mesure de l'ascension, il n'est pas exclu que les étages ultimes, dans l'état actuel des travaux, soient exempts de compartimentation. En somme, il s'agirait d'un local unique par étage, avec un nombre toujours plus restreint de locataires. D'où il ne faut pas conclure à la confusion des espaces personnels, généralement limités par des bornes.

Les déplacements de bornes provoquent de graves incidents et mettent en péril, non seulement l'étage dans son entier mais la totalité de l'Édifice, tant il est vrai que, dans la partie supérieure, le moindre déplacement vers la droite ou la gauche risque à tout instant de provoquer l'effondrement général.

On ne doit plus s'étonner de la tendance des diverses factions, droite et gauche confondues, à se rabattre vers le centre, non par souci de fraternisation, inconcevable à ce niveau, mais par simple nécessité de survie. De sorte que la situation de ces élus, considérée du dessous, ne manque pas de piquant. Après s'être propulsés vers les sommets dans le dessein de se fuir, les voici contraints de collaborer dans une large mesure.

De même, la quête d'absolu se borne désormais à admirer de loin les territoires conquis à la force des jarrets et poignets. Si bien que leur espace praticable n'est guère plus important, dans le meilleur des cas, que celui d'un cochon de la base.

À noter que l'équilibre de l'Édifice n'est réalisé, tant bien que mal, que du fait de l'ignorance où se trouvent ces aigles de leur situation. Que l'un d'eux vienne à prendre conscience du paradoxe de sa position et voilà l'Édifice promis à la catastrophe dans la minute qui suit. C'est dire combien nous sommes à la merci du moindre faux-pas.

J'ai mauvaise conscience à cautionner un bâtiment de cette nature. Comment nier, en effet, que c'est en partie sur mon dos que s'échafaude la pyramide ? Que je le veuille ou non, j'atteindrai un jour les sommets, sous une forme ou une autre. Et sinon ma totalité, du moins le meilleur de moi-même. Un jour, me dis-je, une tranche de ton moi se hissera jusqu'au quatre-vingt-deuxième étage, voire jusqu'à la présidence. Là, je me vante un peu. Nul doute que les jambons présidentiels soient sélectionnés en bas âge et le cochon qui en a la garde traité avec d'autres égards. Il ne faut pas confondre les bas morceaux destinés à la consommation des bas porchers des étages inférieurs et à leur domesticité, chats et chiens compris, et ceux dévolus aux porchers de haut lignage et à leur suite.

L'alimentation du circuit ne s'effectue pas à sens unique. Si les pensionnaires des hauteurs jouissent de nos produits, comment nier que nous profitions en retour de leurs déjections, sous la forme d'eaux grasses régulièrement acheminées vers la base ? Quant à insinuer que les eaux grasses retomberaient de leur propre mouvement, c'est faire preuve de mauvais esprit. Les efforts des autorités pour accélérer leur débit ne sont du reste pas contestables.

Les places sont chères, en haut du building, et fantastique la lutte pour l'accession à la propriété. Je ne serais pas surpris qu'il ne reste plus que deux ou trois compétiteurs en lice. Je les imagine réfugiés au centre, redoublant de félicitations mutuelles et jetant des regards d'effroi sur leurs conquêtes, immenses espaces à jamais désertiques.

Plus haut, la lutte est plus féroce encore. C'est qu'il n'y a plus place que pour l'Élu, figé en plein centre, en un garde-à-vous impeccable, statue vivante et incarnation parfaite de la réussite. La respiration est à peine possible et le moindre battement de cils promet l'universel cataclysme dans l'instant qui suit. On n'ose imaginer les conséquences d'un éternuement intempestif, que la dignité du personnage rend hautement improbable. Un parapluie d'apparat, d'autres disent une ombrelle, préserve à dessein le chef du prince. De sa main gantée, il le maintient rigoureusement dans l'axe de l'Édifice. Dans l'autre main, son couteau éternel. Alentour, c'est un ballet ininterrompu de larbins affairés. Certains portent des sels, d'autres, à tout hasard, des tapettes à mouches. La chorégraphie, certains disent le protocole, est savamment réglée, de manière à n'ébranler en rien l'Édifice. Il est vrai que l'insignifiance des personnages offre à elle seule toute garantie de stabilité.

Ainsi va l'Édifice, en un miracle d'équilibre sans cesse renouvelé. Sa fiabilité est assurée par une pyramide inverse de la précédente. Autrement dit, non seulement le nombre des grimpeurs se raréfie à mesure de l'escalade mais, qui plus est, la convergence vers le centre, loin de n'affecter que les étages ultimes, devient opérationnelle dès le second.

Des communiqués jalonnant l'escalade sont consentis de temps à autre à la base pour son édification. Les protestations de rigueur doctrinaire ne changent rien, sauf à nier l'évidence, à savoir que toute ascension de gauche nécessite un déplacement toujours plus marqué vers le centre droit et inversement. Il n'y a pas lieu de s'étonner de la tournure toujours plus formelle prise par les débats dans les locaux du rez-de-chaussée, à commencer par le mien. Téléguidés d'en haut, ils n'ont d'autre objet que de maintenir la base sur l'horizontale et préserver ainsi l'organisation dans son principe. La tolérance universelle à ce modèle pourra surprendre. C'est que l'assaut du ciel est toujours apparu comme l'idéal d'un séjour tant soit peu terrestre.

Toute redescente est interdite, l'exception à la règle étant involontaire.

La stagnation aux étages intermédiaires, de pratique courante, ne manque pas d'inquiéter les autorités. L'endroit le plus critique se situe à mi-course. L'étage central est engorgé d'anciens grimpeurs dont l'incapacité à lever le pied n'a d'égale que leur impuissance à redescendre du moindre centimètre. L'encombrement est tel que le risque de pourrissement par la moitié est d'ores et déjà tenu pour irréversible.

Au centre de ce centre, un conduit rigoureusement vertical. C'est la voie étroite vers les sommets. Elle ne laisse passer qu'un sujet à la fois. En outre, l'opération s'effectue par aspiration depuis les sommets. D'où l'intérêt de posséder un sens aigu des vertus centristes, pour peu qu'on souhaite conserver une chance sur mille d'être aspiré par le courant.

Les fraîchement promus sont ventilés à l'étage adéquat, selon leurs mérites et les besoins du service. Le nombre en est si restreint qu'il ne saurait réduire le pourrissement de l'étage, encore moins résorber l'afflux toujours plus envahissant des étages inférieurs.

La survie de l'Édifice est fonction de sa capacité à entretenir la confusion dans la masse des cochons ordinaires. Tant qu'on parviendra à relancer le débat entre les tenants de la gauche de papa et la droite de grand-papa, l'avenir est assuré. Cette astuce, d'un secours certain pour masquer la pourriture des sommets, n'en est pas moins soumise à réglementation draconienne. Une règle surtout ne saurait souffrir la transgression. Elle concerne l'interdiction de hausser le débat à la nature de l'Édifice. Toute tentative dans ce sens est réprimée comme il convient, selon la gravité de la faute et les impératifs de la conjoncture. L'échelle des sanctions reste néanmoins établie dans un esprit libéral, sous réserve d'une faute involontaire ou à titre privé. Par contre, tout manquement d'ordre collectif, dès lors qu'accompli dans la jouissance de ses facultés, entraîne l'équarrissage immédiat.

On peut aisément se prémunir contre de tels errements. En limitant, par exemple, son champ de vision à l'angle formé par l'horizontale du regard et le sol, soit, en théorie, quatre-vingt-dix degrés. Cependant, l'exercice des quatre-vingt-dix degrés, pour légal qu'il soit, n'est guère retenu en pratique, les dix derniers, ceux du haut, étant toujours susceptibles d'interprétations litigieuses.

Inversement, s'aventurer sous les dix premiers, autrement dit fixer obstinément la pointe de ses chaussures, c'est commettre une erreur de même type, tant il est vrai que le plus obtus des porchers n'ignore pas que la subversion a plusieurs cordes à son arc et ne dédaigne pas d'ajouter la dérision à sa panoplie.

Entre ces extrêmes, du onzième au soixante-dix-neuvième degré inclus, la sécurité des personnes et des biens est généralement assurée jusqu'à l'équarrissage. J'en suis l'exemple vivant.

Les sujets méritants sont récompensés par l'attribution de visières de largeur variable, selon qu'ils ont plus ou moins la vue basse. Cette distinction n'est pas seulement honorifique. Elle vise à les montrer en exemple et à promouvoir ainsi la formation des élites.

Exceptionnellement, certains sujets ayant fait leurs preuves à la base sont momentanément conviés à siéger au premier étage, parmi les porchers de basse extrace. Des facilités leur sont consenties pour l'étude exhaustive de cette rude discipline optique. « De l'usage à plein des soixante-huit degrés », ainsi pourrait se définir l'objet de leurs travaux. On leur doit les meilleurs traités en la matière. Quelques-uns vont jusqu'à spéculer sur l'annexion, soit par le haut, soit par le bas, d'un soixante-neuvième degré. Les débats qui en résultent sont d'ordinaire passionnants.

La fin des études est sanctionnée par la dotation d'œillères de formats et de couleurs divers, selon l'apport de chacun à la collectivité. Le retour à la base s'effectue dès après la remise solennelle du prix. Les lauréats sont chargés de transmettre les connaissances acquises en cours de stage. Pour compenser leur nostalgie des hauteurs, ils disposent de petites estrades soulignant leur promotion récente. La mise en lumière des œillères et visières tend à susciter des vocations en excitant discrètement les convoitises.

Cette distinction n'entraîne pas une augmentation exorbitante du champ visuel. Tout au plus une extension minime du bol oculaire. De toute façon, il y a mieux à faire que de contester une légère contradiction idéologique là où une nature anarchisante s'est montrée impuissante à niveler le regard à une hauteur décente. Les autorités s'emploient du reste à corriger cette bévue et promettent à terme une solution satisfaisante. En outre, ce serait nier le sacrifice des récipiendaires, dont certains n'hésitent plus à abandonner leur estrade légitime au profit d'un contact, pourquoi ne pas le dire, plus fraternel avec le menu peuple de la base. Un mouvement qui va d'ailleurs s'amplifiant, sous le haut patronage des autorités.

Dans ces conditions, les locaux de la base risquent bientôt d'apparaître méconnaissables au tout-venant. À terme, la radicalisation du refus des estrades conduit à remettre en cause le principe d'allocation des visières et œillères, sans parler des privilèges qui s'y rattachent. Voilà-t-il pas que les contestataires, descendus bruyamment de leur piédestal, se risquent depuis peu à réclamer des visières pour le peuple. La requête concerne également les œillères mais l'opportunisme tactique interdit de grouper les deux revendications, ce qui est peut-être une erreur, l'Histoire le dira.

Quant au pouvoir, réticent au début, il se montre plus conciliant. Ce serait une erreur de réduire son action à des réformes concédées sous la pression. Il a aussi ses projets, n'en doutons pas. Du reste, l'opinion comprendrait mal qu'il ne fût pas à la hauteur. La compartimentation croissante de la base de l'Édifice, ainsi que la prolifération des locaux individuels qui en résulte, n'est certes pas fortuite. Le dessein planificateur est ici manifeste. Finie l'ère du local familial, entassés à dix et plus dans un taudis, truies, verrats et cochons ordinaires confondus. « À chacun son local et n'en parlons plus. » Telle semble être la devise du prince en la matière.

Si la plupart des administrés se satisfont de ces dispositions, il subsiste, ici ou là, une catégorie d'irréductibles décidés à en contester le bien-fondé par tous les moyens. On s'efforce de les refouler vers les caves et sous-sols. Ces légers contretemps ne nuisent en rien à l'édification des murs. Chaque local sera fourni à son destinataire, et inversement, en temps et en heure. Les planchers seront insonorisés et ignifugés, de façon à couper l'herbe sous le pied aux renégats des profondeurs et assurer au pensionnaire un séjour paisible jusqu'à l'abattage et au-delà.

Devant ces garanties, on s'étonne de l'obstination des élus de la base à ne rien concéder de leurs revendications, à savoir l'octroi d'une visière (et d'œillères) pour tous. Alors qu'on aurait pu croire à l'apaisement, tant la politique officielle n'est en rien contradictoire avec la leur, c'est l'inverse qui se produit. Si bien que les autorités, sans admettre publiquement la nécessité de ce harnachement, reconnaissent qu'il n'est pas dénué d'intérêt et se montrent disposées à transiger. Malheureusement, les négociations achoppent sur l'épineuse question des priorités. Locaux d'abord, visières ensuite, ou l'inverse, bien malin qui fournirait une solution satisfaisante. D'autant qu'un compromis est difficilement envisageable. On voit mal en quoi l'attribution d'une moitié de visière et d'un demi-local pourrait satisfaire le pensionnaire le plus conciliant.

Personnellement, je saisis mal l'utilité d'une visière dans un local de deux mètres sur deux, à fortiori des œillères. Ce qui ne veut pas dire que je m'y oppose. Que l'on me remette un exemplaire des unes et une paire des autres, on verra si je ne m'en accommode pas. Je suis même disposé à ce qu'on rajoute une muselière. En cours de jeûne préparatoire, je ne vois vraiment pas où serait le préjudice. Au milieu de l'engraissage, bien sûr, l'affaire serait plus délicate. Mais les autorités ne se risqueraient pas à une mesure si impopulaire. Visières et œillères tant qu'on voudra mais tout ce qui touche à la bouffe est sacré.

Le muselage des renégats des sous-sols ne souffre en revanche d'autre objection qu'humanitaire. Cependant, la prudence commande de se prémunir contre les conséquences d'une percée toujours possible de ces gueux. Aussi, des restes d'agapes sont-ils régulièrement acheminés vers le bas, par le tout-à-l'égout, soit en vrac, soit sous la forme plus attrayante de colis enrubannés. Point trop n'en faut, pourtant. Ce serait leur rendre un piètre service que de leur laisser à penser qu'un jambon harmonieux soit le fruit du hasard. Si j'imagine difficilement les miens déployés sur la table présidentielle, comment envisager les leurs, sinon par un trait de démagogie princière ? Il n'y a rien à attendre d'un séjour qui se déroule dans le mépris des règles élémentaires de l'engraissage. L'entretien de ces gringalets se limite le plus souvent à un freinage continu entrecoupé de jeûnes préparatoires, quand il ne s'agit d'un jeûne intégral. Devant ce répugnant spectacle, comment n'en viendrais-je pas, moi pourtant si modeste, à nourrir quelque fierté pour mes jambons ?

Avaler les étages en gardant le regard fixé sous l'horizontale ne relève nullement du dilettantisme. La force brutale, n'est en rien suffisante. Le rez-de-chaussée retentit en permanence des cris de douleur des téméraires et des bruits sourds de leur chute. Mieux vaut consentir à domestiquer ses bonds d'entrée que sauter sa vie durant à l'aveuglette. On n'insistera jamais assez sur les deux règles de base de l'aspirant sauteur : posséder au plus haut degré l'instinct de verticale et celui de centre. L'instinct d'oblique, si précieux passé le premier étage, découle, pour l'essentiel, de l'instinct de verticale.

Ces qualités s'acquièrent progressivement. Des exercices appropriés contribuent à les développer. Ainsi, pour l'instinct de centre, est-il recommandé de courir dans le local les yeux bandés, en se représentant mentalement le centre, puis de sauter dans cette direction. On aura pris soin de placer le seau au bon endroit, de manière que le résultat ne souffre aucune discussion et soit aisément vérifiable, tant par la douleur du contact que le vacarme. Pour le sens vertical, des exercices tels que pattes aux murs, poirier, équilibre sur deux puis une patte sont chaudement conseillés. Quand ils ne seraient d'aucun profit pour l'ascension, ils gardent leur efficacité en ce qui concerne la maturation des jambons et jambonneaux.

Reste à choisir le moment de l'appel. Une période de stabilité relative de l'Édifice est recommandée. Il y a de la témérité à s'élancer en période troublée, singulièrement lorsque l'agitation provient des sous-sols, au point de revêtir les apparences d'un séisme.

On ne doit pas confondre l'ébranlement issu des profondeurs et les remous en provenance de la moitié supérieure de l'Édifice. Ces derniers sont essentiellement provoqués par des locataires mécontents de leur sort, en dépit des privilèges dont ils jouissent. Les causes de mécontentement peuvent néanmoins diverger. Il peut s'agir de grognements associés à des trépidations traduisant l'impatience de la promotion. Mais il peut s'agir aussi d'une tentative de rébellion d'un sujet saisi brusquement par le vertige et se refusant à lever plus haut la jambe. Encore heureux quand le refus n'est pas assorti de l'exigence de redescente.

Ces mouvements divers ont en commun de se traduire par un chantage au déplacement horizontal, avec les risques que cela implique pour la communauté tout entière. C'est dire la diplomatie et le sang-froid dont doivent user les autorités. Qu'aucune catastrophe ne se soit produite dans des conditions de survie si précaires relève du miracle. Les espoirs sont donc permis pour la suite.

Les soubresauts issus des sommets n'ont aucune incidence sur le moral des grimpeurs. Dès lors qu'un local est réputé disposer d'une trappe, on comprendrait mal un sujet qui ne tenterait pas l'impossible pour s'élever au-dessus de lui-même.

Le risque de rechute par la trappe inférieure n'en est pas moins réel. On doit à la vérité de signaler qu'il décroît à mesure de l'ascension. Pour tout dire, il est proportionnel au rapport entre la surface de la trappe, toujours constante, et la surface du nouveau local, toujours en expansion. D'où il résulte que la sécurité personnelle, ou son sentiment, croît avec la progression. Statistiquement, s'entend. Car si le risque va décroissant, les chutes effectives, par un juste retour des choses, n'en sont que plus meurtrières.

La trappe ultime, celle qui débouche sur l'étage central, ressemble fort à une cheminée. Considérée d'en haut, elle en présente toutes les apparences, ne serait-ce qu'à cause du conduit surmonté du chapeau désignant d'ordinaire ces… édifices.

À parcourir l'étage central dans son entier, on se croirait sur le toit de quelque capitale, si j'excepte le ciel un peu bas. Les conduits dépassent sensiblement et constituent autant de garde-fous pour les candidats involontaires à la redescente. Les chapeaux ne sont là que pour modérer l'ardeur des sauteurs et préserver le plafond de souillures indignes.

De fumée point. Elle ne serait d'ailleurs d'aucun effet sur les effluves qui, par le biais des trappes, se répandent d'abondance jusqu'au pied de l'Édifice et en deçà. Il n'est pas rare que la puanteur ait à soi seule motivé l'ascension, l'esprit d'entreprise l'emportant alors sur le dégoût. On ne saurait lui dénier la vertu de renseigner à chaque instant le grimpeur sur sa position.

Les cheminées offrent un spectacle de choix aux gangrenés victorieux qui ont su préserver en eux l'amour de l'art. Les sujets les plus doués s'élèvent supérieurement dans le faible espace, entre le conduit et son chapeau. Pour cette ultime épreuve, tous les styles sont admis, depuis le classique ciseaux jusqu'au rouleau ventral, en passant par le Fosbury flop.

Les lauréats planent un instant au-dessus de la mêlée puis plongent à leur tour dans la masse croupissante. C'en est fini de la promotion personnelle. La suite de l'ascension n'est plus de leur ressort. S'ils souhaitent être appelés à de plus hautes fonctions, ils ont intérêt à oublier leur glorieux passé et à se reconvertir dans l'art de la reptation. C'est la seule chance qu'ils aient d'accéder jamais au conduit central d'aspiration. Preuve qu'on ne tolère, en haut lieu, que des athlètes complets.

À ce stade de la compétition, les mérites personnels n'ont plus grande signification. Terminée l'ère du pourrissement personnel, que l'on pouvait plus ou moins cultiver. Autres temps, autres mœurs, on pourrit désormais par paquets entiers et d'un paquet à l'autre. L'intérêt commande de se constituer en équipes homogènes, c'est-à-dire de pourriture égale ou équivalente, et de conjuguer ses efforts en passant sur les rancœurs personnelles.

À mesure que l'on approche du centre d'aspiration, l'affrontement inter-groupes va s'intensifiant. À peine un paquet a-t-il amélioré sa position de quelques millimètres que le voici agressé de toutes parts, c'est-à-dire non seulement sur sa gauche et sa droite mais également par le dessus et le dessous. Il n'est pas rare de voir des paquets entiers disparaître dans la mêlée, phagocytés par une ou plusieurs factions rivales. Une conclusion d'autant plus fréquente que l'unité du paquet laisse à désirer. Car la guerre des paquets se double d'une guerre intestine qui accentue encore la sélection naturelle.

L'élection d'un de ses membres ne signifie pas la fin de tout espoir pour le reste du paquet. L'idéal de tout groupe est de promouvoir la totalité de ses membres. Idéal utopique, soit dit en passant, car il faudra bien un dernier, lequel ne saurait constituer un paquet à soi seul.

Voilà un bref aperçu de la situation des promus de l'étage central, dont beaucoup sombrent sans honneur, asphyxiés par leur propre puanteur. Au point que la direction s'est émue de son image de marque auprès des autorités d'éventuelles pyramides voisines. Des consignes sont données pour qu'on procède à la pose d'un système de ventilation sur le pourtour de l'Édifice. Des mesures d'asepsie locale sont par ailleurs envisagées, afin que la pourriture n'empiète pas sur ses prérogatives, à savoir le maintien d'une sélection circonscrite à l'étage central.

Reste que le système d'aspiration est assez puissant pour hisser les cadavres, liquides et vers compris, jusqu'aux plus hautes responsabilités. Solution séduisante en ceci qu'elle éliminerait le chantage au déplacement latéral. Mais ne serait-ce pas, dans la conjoncture actuelle, se couper par trop de la base ?

Que l'autorité suprême soit incarnée par un cadavre empaillé, cela peut à la rigueur se concevoir, la fonction du prince n'étant que de représentation. Mais qu'il en aille de même des hauts dignitaires, c'est inadmissible. La trajectoire, du centre jusqu'au sommet, se doit d'être jalonnée par la vie, fût-elle végétative. Qu'elle se raréfie à mesure, il n'y a là rien d'extraordinaire, c'est dans l'ordre des choses. Mais qu'elle soit totalement absente de la moitié supérieure de l'Édifice, voilà qui choquera plus d'un cochon de la base. Que diable, le sommet de l'Édifice n'est pas le musée Grévin ! Sinon, de quelle utilité seraient nos humbles jambons ? Si l'ambition d'une vie doit se résumer à pourrir en pièces détachées dans les hauteurs, franchement je ne vois pas le progrès.

Aux dernières nouvelles, les autorités pencheraient pour une régénération radicale de toute la partie supérieure. À cet effet, des trappes seraient pratiquées dans tous les plafonds du rez-de-chaussée et relayées d'étage en étage jusqu'au centre. Une injustice millénaire serait ainsi réparée. Bien que favorisée par la conjoncture, cette victoire de la base n'en était pas moins inéluctable, dès lors qu'allant dans le sens de l'Histoire.

L'épreuve finale de la cheminée, à laquelle la plupart s'astreignaient en vain leur vie durant, sera supprimée. Un second conduit d'aspiration sera foré parallèlement au premier. Semblable en tous points, il sera prolongé d'un étage afin d'aspirer les nouveaux promus et leur épargner une stagnation stérile au niveau de l'ancien étage central.

Les locataires de cet étage de sinistre mémoire ne sont pas jugés indésirables dans les hauteurs. L'Édifice a toujours su se montrer reconnaissant envers ses sujets loyalistes. Il ne se résigne à sacrifier les meilleurs de ses fils qu'à contrecœur et la mort dans l'âme. En clair, cela signifie que l'antique conduit élira dorénavant peu de pensionnaires. Une infime fraction des rampeurs continuera toutefois d'être acheminée, c'est le cas de le dire, par ce moyen. Des messes seront dites à la mémoire de ceux qui restent et des commémorations organisées à date fixe, avec la pompe requise. Une façon comme une autre de préserver intacte la flamme du souvenir.

Le nouveau conduit d'aspiration ne prévoit aucune ventilation à l'ancien étage central. Mesure de simple bon sens mais aussi prudence élémentaire. Les grimpeurs à l'ancienne mode ne doivent à aucun moment entrer en contact avec les nouveaux. Il pourrait en résulter des controverses inutiles, voire un regain d'agitation de la part d'âmes insuffisamment armées pour comprendre l'intérêt supérieur.

Passé l'ancien étage central, le risque de télescopage entre les poilus d'antan et les conquistadors d'aujourd'hui reste préoccupant. C'est dire les trésors d'ingéniosité que devront déployer nos architectes pour éviter le pire. La promotion de structures mobiles serait même envisagée. Naguère si décriées, elles sont seules capables, aujourd'hui, de procéder au brassage des classes et générations, autrement dit d'écrémer l'une et l'autre de leur lie. Le principe de mobilité s'étendra par tranches aux locaux des zones inférieures, rez-de-chaussée inclus. Pour des raisons techniques, les sous-sols seront provisoirement épargnés.

Il n'est pas utopique d'espérer faire circuler les locaux d'un étage à l'autre dans un avenir rapproché. Ce serait une révolution sans précédent dans l'histoire de l'ascension. Le prestige de l'Édifice en sortirait à jamais grandi. Malheureusement, nous n'en sommes pas là. La mobilité reste pour longtemps circonscrite au plan horizontal. Par ailleurs, elle n'a que trop tendance à se raréfier à mesure qu'on approche de la base et devient exceptionnelle au niveau du rez-de-chaussée. Il est à craindre que des années de lutte soient nécessaires pour obtenir une réelle égalité des chances.

En dépit des dénégations officielles, l'ancien étage central ne remplira pas éternellement son rôle honorifique. Une note secrète stipule que les convois déversés par les rares cheminées en service n'auront plus pour fonction que de combler l'étage dans son entier, par accumulation, remplissage, tassage et solidification de la pourriture. Après quoi le conduit d'aspiration sera condamné jusqu'à nouvel ordre.

Le nouvel étage central, ou centre-bas, n'est pas logé à meilleure enseigne. Il faut y voir la conséquence d'une démocratisation trop hâtive du principe d'ascension. L'aspiration demeurant sévèrement contingentée, il ne peut en résulter qu'une accélération du pourrissement. Le nouvel étage central semble donc promis à solidification en un temps record. De sorte qu'il n'y a guère de salut que dans le forage d'un troisième conduit. Toutefois, pour pallier les inconvénients de la précédente fournée, il sera procédé d'un coup au forage de deux étages. La prochaine fois, on ne reculera pas à sacrifier trois ou quatre étages si nécessaire. L'essor de la base est tel que le pourrissement des centres successifs tend à croître en progression géométrique. Encore cette progression ne prend-elle pas en compte la ruée imminente des renégats des sous-sols, occupés à pulvériser le plancher du rez-de-chaussée afin de réclamer leur part du gâteau et de l'aventure.

Quant au nouveau centre, pour éphémère qu'il soit, on évitera la confusion en l'appelant centre-centre-bas, à moins que l'on préfère centre-bas-bas, l'usage finira par reconnaître le sien.

Si la direction souhaite ne pas être taxée d'immobilisme, elle a intérêt à amuser la plèbe en faisant valser les locaux du rez-de-chaussée au même titre que les autres. C'est le seul moyen de satisfaire le besoin de liberté, éprouvé au moins une fois dans leur vie, par la plupart des administrés. Qu'on apprécie les cris de joie du bon peuple sur les manèges d'une fête foraine et l'on comprendra que nous tenons là la clé du problème. La mobilité bien comprise des locaux de la base n'a d'autre but que de régénérer le sens de la fête. L'innovation consiste dans l'institution de la fête à domicile. Accessoirement, c'est un excellent moyen pour donner le change sur le principe d'ascension. L'apologie constante du zénith finirait du reste par lasser.

La ronde des locaux promet la liberté tous azimuts. Dès lors que cantonnées à l'intérieur des locaux, les audaces en tous genres sont admises et encouragées par le pouvoir. On estime en haut lieu que des prolongements de cette nature servent grandement la cause de l'Édifice. Le consensus est d'ailleurs total, si l'on excepte un quarteron d'irréductibles, toujours en retard d'une guerre.

Les conduits d'aspiration continueront de fonctionner à merveille, moyennant une adaptation périodique. Il n'est pas d'exemple d'un problème mécanique, si calé fût-il, qui n'ait été résolu par les services techniques de l'Édifice. Toutefois, le principe du forage restant acquis, un prochain conduit poursuivra seul la progression invincible. La rapidité du processus rend en effet impossible le forage systématique d'un conduit par centre gangrené.

Exemple saisissant de l'influence des techniques sur les mentalités, les rivalités entre locataires se font plus rares. À peine ont-elles le temps de se formuler qu'une promotion fulgurante les rend sans objet. De sorte qu'on hésite désormais à rivaliser de rancœurs. Il en va de même des sentiments. L'accélération les rend caducs dans le mouvement même de leur expression.

Une escouade de funambules et trapézistes travaille sans relâche au branchement de conduits baladeurs sur les locaux amovibles. L'autre extrémité du flexible est raccordée par leurs soins au conduit d'aspiration principal. Considéré de l'extérieur, on ne saurait mieux comparer l'ensemble du système qu'à une pieuvre colossale en mouvement. Ce qui ne laisse pas de donner un regain de vie à l'Édifice.

Un des rêves les plus anciens, à savoir la jonction entre la base et le sommet, est sur le point de prendre corps sous nos yeux. Seule ombre au tableau, la parcimonie des aspirés. Il n'est malheureusement pas possible d'augmenter substantiellement leur proportion sans bafouer l'Édifice dans son principe. Il ne sera pourtant pas dit, la débauche des prouesses techniques le prouve, que l'impossible n'a pas été tenté.

Le pourrissement de la base est d'ores et déjà acquis. Le dernier sursaut consistera vraisemblablement à le rendre plus rationnel. Pour ce faire, des contingents toujours plus fournis seront diligentés par les conduits baladeurs et déversés par tombereaux entiers sur les lieux où l'urgence les réclame à corps et à cris. Des bataillons de volontaires s'entraînent secrètement à l'exercice du colmatage afin de donner, le moment venu, leur pleine mesure. L'importance des moyens mis en œuvre et la cohérence du programme laissent prévoir un colmatage définitif sans heurts ni distorsions. Il est maintenant établi que la machine ne se grippera pas au dernier moment.

Peu à peu, les locaux s'immobilisent et les flonflons de la fête s'estompent. Afin de gagner du temps, les services de la présidence s'apprêtent à intimer à tous, ouvriers, poètes et paysans, l'ordre d'assurer le colmatage immédiat sur le lieu de leur activité habituelle.

Le colmatage d'appoint sera assuré en dernière minute par un forage à destination des sous-sols. Tant que le dernier pouce de rez-de-chaussée ne sera pas comblé, la stabilité de l'Édifice ne saurait être garantie. Le colmatage des sous-sols sur quelques étages en assurera à jamais les fondations. Alors seulement nous pourrons dire que la partie est définitivement gagnée.

Quant à la masse croupissante des trente-sixièmes dessous, son sort ne nous concerne pas. Qu'ils aillent se faire pendre ailleurs ! À moins que surgissant plus tard de leur nuit, ils décident à leur tour d'ériger un Édifice en tous points comparable. Soit dit par parenthèses, il m'étonnerait fort que leur faible exigence d'espace vital les porte vers une expansion aussi admirable. Mais ceci n'est plus nos oignons…

Ainsi, de pourriture en pourriture, d'assèchements en tassages, de tassages en consolidations, l'Édifice aura conquis droit de cité. Il est permis de rêver au jour proche qui le verra défier l'éternité et rayonner à la face des cieux. On mesurera alors que c'est à la pérennité des monuments qu'elle érige que se juge une civilisation.

Le temps n'est pas à l'autosatisfaction. Il importe pour l'heure d'apporter chacun sa pierre à l'Édifice.

QU'EST-CE qui m'a pris d'aller traîner dans les hauteurs ? Je sais pourtant qu'il n'y a pas d'issue de ce côté. J'imagine la stupeur de l'équarrisseur, s'il s'était présenté dans un local vide, en esprit du moins. Je vais m'avoir à l'œil. Car le plus dur reste à faire. C'est contre moi-même que je vais devoir me battre, désormais. J'espère ne pas m'accrocher à la mangeoire avec l'énergie du désespoir. L'étal des charcutiers regorge de ces têtes butées, hargneuses, sur lesquelles on chercherait en vain le moindre sourire de reconnaissance. À peine si l'on parvient à les dérider en leur chatouillant les trous de nez avec du persil. J'ai beau condamner ces infamies du fond de mon local, il n'est pas certain que je saurai y couper, le moment venu. Je serais de la direction, j'exclurais les trublions de ce genre de l'abattoir. Vous ne voulez pas collaborer ? Hé bien, allez vous faire abattre ailleurs. Au début, ce serait l'hémorragie mais à la longue la mesure serait salutaire. Pensez donc, exclu à vie des abattoirs ! Ça donnerait à réfléchir à quelques-uns. Face à l'hostilité du monde, les plus bornés en viendraient vite à regretter les commodités des anciens locaux. On verrait bientôt les rebelles tournicoter autour des abattoirs dans l'espoir d'obtenir le pardon de l'équarrisseur. Tout rentrerait dans l'ordre, la machine tournerait de nouveau à plein et la direction n'aurait qu'à se flatter de sa clairvoyance. Dommage que les solutions les plus simples ne soient pas mises plus souvent en pratique.

Serai-je équarri à l'occasion d'une tuerie particulière ou à la faveur d'un abattage collectif ? Ce point du rituel me tracasse. La tuerie particulière, qu'il s'agisse de célébrer une naissance ou un décès, offre un caractère plus intime. Le succès est immédiat, on est au centre de la fête. Mais on peut s'interroger sur la portée d'une victoire si foudroyante. Acquise dans la facilité, elle a toutes chances d'être sans lendemain. Les conditions d'abattage sont du reste peu glorieuses. En pratique, il s'agit moins d'abattre le cochon que de lui régler son compte clandestinement. D'où les inévitables bavures, dont la marchandise fait les frais à tous coups. Et que dire des conditions d'hygiène quand la tuerie se déroule dans un réduit insalubre, voire à l'intérieur du local ? Comment voudrait-on que la matière trouve à s'exprimer quand le cochon est malmené au point d'éprouver l'abattage comme un châtiment ? On ose appeler ça une tuerie, moi je dis que c'est un assassinat. Qu'est-ce que ça coûte un petit compliment, une bourrade amicale dans les côtes ? Si c'est pour être abattu comme un chien, je préférerais ne pas l'être du tout. (Je dis ça pour plaisanter. Dans mon for intérieur, je suis disposé à prêter le flanc à n'importe quel carnage, dès lors que l'intégrité du boudin et des jambons est assurée. Qu'on puisse s'écrier, fourchette en main, Tiens voilà du boudin ou Tiens voilà du jambon, si c'est de boudin qu'il s'agit et inversement. Mais qu'on atteste déjà qu'il pourrait éventuellement s'agir de cochon et j'aurai la satisfaction de ne pas m'être battu en vain.)

Reste l'abattage industriel. Toute vantardise mise à part, j'ai les meilleures chances d'y accéder, qu'il s'agisse des abattoirs privés ou publics, quelque réserve qu'on émette sur leur sous-utilisation chronique. Mille deux cents heures de fonctionnement annuel, ce n'est pas énorme, mais ça devrait suffire à me contenter. Il aura fallu des siècles de lutte pour obtenir la grâce d'un abattage rationnel. Mais rien ne prouve que nous n'améliorerons pas notre position dans les siècles à venir. Tel quel, en dépit de ses imperfections, l'abattage industriel marque déjà l'apothéose du cochon. Porchers et équarrisseurs sont d'ores et déjà relégués au rôle d'auxiliaires de la production. Le temps n'est pas si éloigné qui verra le cochon se passer de leur concours et prendre en main ses destinées. Je ne connaîtrai pas cet âge d'or mais ma postérité en bénéficiera sous peu. Un parcours sans anicroches, entièrement balisé, depuis la mise bas jusqu'à la mise en boîte. Le cochon deviendra enfin, dans le cadre de l'abattage, son seul saigneur et maître. Plus tard, nous pourrons envisager avec sérénité l'ère de l'abattage à la carte. Mais ne nous laissons pas distraire par ces visions futuristes.

La course jusqu'à l'antichambre sera brève. J'espère y être conduit sans brutalités inutiles. Les traces de coups déprécient notablement les carcasses. Je mettrai un point d'honneur à me présenter sain et sauf devant l'équarrisseur. Je ne vois qu'une tactique pour parvenir à mes fins : me fondre dans la masse, soit celle de mes confrères, soit la mienne propre, pour peu que je sois seul en course.

D'entrée, je suis pris en charge par l'assommoir électrique. Du coup, me voilà plongé dans la béatitude jusqu'au terme de l'abattage. Je ne cache pas que je préférerais l'antique maillet, voire la masse si nécessaire. Il n'est pas certain que la production gagne à ce que le cochon soit systématiquement infantilisé.

Un treuil est mis à la disposition de mon train arrière. Voilà mes jambons catapultés dans les hauteurs. Cette marque de considération virile n'a d'autre but que de faciliter le travail de l'équarrisseur. Elle l'autorise à attaquer le jus de boudin sous un angle idéal. Mission délicate que seul un expert peut mener à bien. Ficher le bon couteau dans l'artère adéquate n'est pas un travail de fillette. L'entaille se doit de n'être ni ridiculement mince ni exagérément béante. Trop mince, tout est à reprendre à zéro, au risque de passer pour un incapable aux yeux du cochon. Trop béante, il ne s'agit plus que d'un banal égorgement et voici le précieux liquide dilapidé en pure perte. Pourvu qu'on ne m'endorme pas trop, j'orienterai le jet vers le récipient, en battant la mesure de mon jambon libre. Par contre, j'éviterai les soubresauts genre danse de Saint-Guy. Sinon la trajectoire devient imprévisible, l'équarrisseur et ses aides ne savent plus où donner de la tête et du seau. Sans parler des projections facétieuses, au point qu'on se croirait dans une boucherie au lieu d'un abattoir. Ce ne sont là qu'incidents de parcours. D'ordinaire, l'essentiel du jus est récupéré et le futur boudin assuré de prendre corps, pourvu qu'on ne lui mette plus des bâtons dans les roues.

D'un coup de sifflet débonnaire, l'équarrisseur commande l'ébranlement de la chaîne. Au suivant de vendanger son boudin. Délesté du mien, je me prépare au plongeon purificateur dans la cuve d'eau bouillante. Suit l'expédition sur rotative, prétexte à la récupération des soies, en assouplissant un tantinet les chairs. La durée de l'intermède est fonction de l'humeur plus ou moins massacrante de l'équarrisseur. Que le Maître soit dans un bon jour et l'entreprise devient une occasion de danser la gigue des heures durant sur la rotative. Aides et assistants entrent parfois dans la danse.

Un dernier tour de rotative renvoie la marchandise sur la chaîne. Affublés de grattoirs de tous calibres, une armada d'aides s'empare du sujet. Aucune partie du produit n'échappe à leur vigilance. Je ne sortirai qu'imberbe de leurs mains. Le plus petit grain de beauté, artistement cultivé par ailleurs, est soumis à la râpe jusqu'à résipiscence. À plus forte raison, le poil rebelle qui aurait échappé au préposé aux soies. On tremble devant l'influence détestable d'un jambon poilu sur le consommateur.

Arrive le plat de résistance. Une vaste boutonnière est pratiquée de haut en bas, de bas en haut, bref depuis l'entre-jambons jusqu'au niveau du col. Tripes et boyaux jaillissent d'un seul bloc, en un spectacle d'une générosité à couper le souffle. Toute ma moitié inférieure — supérieure — disparaît sous l'opulence d'arabesques de toutes les couleurs. Le précieux colis est ensuite soumis à l'exploration d'une équipe de chercheurs bottés, pourvus des connaissances de base en anatomie. Après délibération, cœur, foie, poumons et rognons sont dispatchés sur les services compétents. Dès que pesés et empaquetés, ils sont disponibles à la consommation immédiate.

Des souffleurs professionnels sont affectés au vidage des boyaux. Un art non moins subtil que celui de leurs confrères, feu les souffleurs de verre. Le sort du boudin est presque entièrement dans les mains du souffleur de boyaux. Un souffle en trop et voilà le boyau perforé. Mais un souffle en moins et le voilà rendu méconnaissable au goût par abondance d'ingrédients. On peut étendre ce principe au soufflage de l'andouille, encore que le départ entre ingrédients et andouille soit d'ordinaire difficile à établir. Il est vain d'espérer diviser les souffleurs en autant de catégories que de produits à souffler. Prétendre que les souffleurs de boudin s'opposent aux souffleurs d'andouille, eux-mêmes en bisbille avec les souffleurs de saucisson, c'est porter préjudice à l'ensemble de la corporation. La direction n'admet d'autre qualification que celle de souffleur de porc. Ou plutôt n'admettait car ce n'est un secret pour personne que la corporation est à bout de souffle. Là comme ailleurs, l'essor du progrès, en la personne de la machine, a mis fin à des siècles de règne sans partage. Pourtant la compétition fut sanglante, au début. Mais comment voudrait-on que l'Homme résistât contre un monstre qui non seulement soufflait sans efforts ni simagrées comme cinquante des siens mais se montrait capable, par surcroît, d'aspirer, de malaxer, de triturer et au besoin de déglutir dans les mêmes proportions ? Tous ceux qui s'efforcèrent de suivre cette cadence infernale périrent d'asphyxie ou d'indigestion dès les premières heures du tournoi. La victoire du monstre était dès lors consommée. La petite histoire ne fait pas mention du sort réservé aux boyaux des vaincus. L'essentiel, c'est que le boyau ait retrouvé à cette occasion une nouvelle jeunesse et les boudin, andouille et consorts, une place de choix sur le marché.

Cependant, le boyau n'est pas toute la vie du cochon. Vient l'heure de la grande séparation. Un cap difficile à franchir, d'une importance comparable à la ménopause chez la truie. L'opération s'effectue en deux temps : d'une part, dédoublement de la carcasse sur toute sa longueur, à l'aide d'une hachette. Et pour finir, séparation du siège de l'esprit du reste du corps, au moyen d'une scie électrique.

Les spécialistes de la découpe sont triés sur le volet. Rien de plus détestable que ces besogneux au cœur tendre qui ne savent que pleurnicher quand il s'agit de justifier leur existence. D'autres, plus lamentables encore, après s'être acquittés du tiers ou du quart de leur mission, quittent la chaîne en se frappant la poitrine. Cependant, un opérateur aux nerfs d'acier se doit de disposer d'un minimum d'entendement. Sans doute le cochon est-il un tout et n'en sommes-nous pas à ergoter au millimètre près. Mais de là à laisser s'égarer l'échine et une partie des jambons sur le chariot des têtes ou à ne livrer que des queues aux découpeurs de carcasse, j'estime la marge abusive.

Les tailleurs de tête ne doivent en rien contrecarrer le travail des sectionneurs de pattes et des réducteurs de queues qui opèrent simultanément. Une situation explosive pourrait résulter de la rencontre sur une même couture d'un découpeur de têtes ignorant ou mégalomane et d'un réducteur de queues conscient de son devoir et décidé à le mener coûte que coûte à son terme. Que chacun tienne son rang et la guerre du cochon n'aura pas lieu. Le cochon est assez vaste de corps — et en ce qui me concerne, d'esprit — pour permettre à chacun d'œuvrer sur son territoire avec les coudées franches.

À signaler que les sectionneurs de pattes sont également affectés à la découpe des jambonneaux. Inutile de leur chercher une querelle perdue d'avance. On n'est autorisé à les tailler en pièces que lorsqu'ils outrepassent leurs compétences, c'est-à-dire s'ils s'obstinent à chercher leur bonheur trop nettement au-dessus du genou. Les confins du jambonneau sont difficiles à cerner. On pense de bonne foi œuvrer dans son fief qu'on en est déjà à émarger dans l'épaule ou le jambon. Car c'est de quatre jambonneaux, et non de deux, que dispose un cochon ordinaire, ainsi l'a voulu la nature. Les débordements des tailleurs de jambonneaux arrière sont plus fréquents que ceux de leurs collègues avancés. On se perd en conjectures sur le sens de cette différence. Tel qu'on voyait dépérir d'ennui pour le train avant se sent pousser des ailes dès qu'on l'affecte au train arrière. On doit donc rappeler que le jambonneau ne saurait s'étendre indéfiniment au-dessus du genou. Faute d'un code déontologique, on lui assigne l'espace compris entre le genou et le rebord inférieur d'une mini-jupe portée par un cochon de moralité irréprochable. Peut-être y aurait-il intérêt à fixer ses frontières dès la mise bas, à l'encre indélébile de préférence. On pourrait du reste étendre la formule à toutes les autres régions. Mais ne serait-ce pas anticiper l'avenir de chacune ? Si le destin d'un lard ou d'une échine était scellé d'avance, à quoi ça servirait d'engager la bataille de la production ?

Je terminerai sur mes espoirs concernant le rendement. On nomme ainsi le rapport entre le poids du porc vif et son poids élagué. Il s'établit aux environs de soixante-seize pour cent. Toutefois les races culardes, dont je suis, crèvent fréquemment le plafond des quatre-vingts pour cent. Ces chiffres s'entendent à chaud, poids de la tête compris. D'où la nécessité de défalquer deux pour cent après refroidissement et sept de plus pour la tête. En quoi les races culardes sont de nouveau avantagées, sauf quand le poids de la tête vient à l'emporter sur celui des jambons et attributs. Mis à part le médiocre pâté qu'on en tire, je mets quiconque au défi de me démontrer l'utilité de cet accessoire grotesque. Les yeux, par exemple, en quoi peuvent-ils stimuler la production ? Personnellement, ils n'auront fait que me débaucher toute ma vie. Quant au groin et à la gueule, il me semble qu'on aurait pu trouver un système moins dispendieux. Un tube digestif tout simple, sans chichis, ouvert aux deux extrémités et doté d'un sens unique aurait autrement fait l'affaire. Mais non, on s'est obstiné à faire dans le gadget, quitte à ruiner l'économie. Le cas des pattes est encore plus flagrant. À peine si les osselets parviennent à distraire quelques galopins en mal d'équarrissage. L'utilisation en cuisine n'est pas plus honorable. Les pieds étaient là, il fallait bien les mettre dans le plat mais, au fond, le cœur n'y était pas. Dès lors qu'il n'y aurait plus nécessité à courir à droite et à gauche la vie durant, on pourrait loger douze ou vingt cochons par local. On n'aurait que le mal de répartir les pensionnaires en autant de tiroirs, quitte à les intervertir de temps à autre si l'on veut éviter la sclérose. Ainsi encadré, le plus grand nombre pulvériserait le plafond du rendement. Ce ne serait pas du cent pour cent à tous coups mais un sujet qui n'atteindrait pas la cote quatre-vingt-quinze serait regardé comme un phénomène de foire.

Allons, il n'est plus temps de crier misère. Quel porcher pourrait du reste s'aligner sur nos modestes performances ? Qu'on en fasse concourir quelques-uns à titre gracieux et l'on verra si la chaîne n'est pas secouée d'un rire convulsif. Un séjour entièrement négatif si je n'étais là, moi et mes semblables, pour le justifier. Tout de même, cette existence mesquine, bornée, excluant la moindre possibilité d'achat ou de rachat posthume… Mais l'heure n'est pas à la division. Elle ne pourrait que ruiner notre idéal commun. Aussi, à l'instant de quitter le local, je ne résiste pas au désir d'adresser à tous un ultime message. Et je leur dis, cochons, porchers et charcutiers mes frères, équarrisseur mon papa, ayons à cœur de nous serrer les coudes si nous ne voulons pas un jour nous serrer la ceinture. Et joignant le geste à la parole, j'ajoute : mangez, ceci est mon jambon et voici mes tripes et buvez mon boudin avant qu'il coagule mais de grâce cessons de nous bouffer le nez si nous voulons donner au monde l'image d'une corporation unie autour de son projet.

Sitôt ma carcasse éclatée, le vétérinaire apposera son sceau, preuve que je ne suis pas arrivé là par hasard. Puis je serai diligenté vers l'atelier de menue découpe. Les douze mille charcutiers purs, auxquels s'ajoutent cinq mille charcutiers-bouchers et vingt mille bouchers-charcutiers, tant de gros que de détail, se bousculent déjà au guichet, dans l'espoir de s'arracher les meilleurs morceaux. Il est désormais exclu que je n'atteigne pas la postérité. Au pire, les porchers revanchards ne parviendront à écharper que quelques bas morceaux. Ça ne n'empêchera pas, pour l'essentiel, d'aller au peuple. Naguère encore, la tuerie particulière aurait contraint ma marchandise à végéter dans le cercle étouffant du porcher et de sa famille. Le développement des accords internationaux ouvre maintenant la voie à la libre circulation des carcasses. Me voici au seuil d'une prodigieuse aventure. À pied, à cheval, à l'intérieur des camions frigorifiques ou dans les boîtes de conserve, mon avenir est assuré. J'irai sous peu porter la bonne parole sur toute la planète. À croire que mes rôtis et côtelettes sentent déjà l'appel du grand large. Si je ne les retenais fermement, je crois qu'ils me fausseraient compagnie avant l'abattage. Mais je suis un cochon légaliste. Aussi longtemps que j'aurai la charge de ma marchandise, pas un atome ne sera distrait du cours officiel. Ce n'est qu'après avoir participé à l'élaboration des rillettes et du pâté communs que je pourrai m'estimer paré. Ensuite, bien sûr, c'est une autre histoire. Mais qu'importe alors ? J'aurai vécu.

Collection Motifs

1 - Martin Amis, *Le Dossier Rachel*
2 - Émile Ollivier, *Mère-Solitude*
3 - Marina Warner, *Un père égaré*
4 - Sergi Pàmies, *Aux confins du fricandeau*
5 - Margaret Atwood, *Faire surface*
6 - Patrick Boman, *Le Palais des Saveurs-Accumulées*
7 - Edilberto Coutinho, *Onze au Maracanã*
8 - Albert Londres, *Terre d'ébène*
9 - Wilson Harris, *Le Palais du paon*
10 - Velibor Colic, *Les Bosniaques*
11 - Kenji Miyazawa, *Traversée de la neige*
12 - Albert Londres, *Pêcheurs de perles*
13 - Timothy Findley, *Guerres*
14 - Quim Monzó, *... Olivetti, Moulinex, Chaffoteaux et Maury*
15 - James Purdy, *Je suis vivant dans ma tombe*
16 - Albert Londres, *Le Chemin de Buenos Aires*
17 - Lygia Fagundes Telles, *Un thé bien fort et trois tasses*
19 - Còstas Hadziaryìris, *Le Peintre et le Pirate*
20 - Benjamin Tammuz, *Le Minotaure*
21 - Kenji Miyazawa, *Train de nuit dans la voie lactée*

22 - Albert Londres, *Marseille, porte du Sud*

23 - Jean Galmot, *Un mort vivait parmi nous*

24 - Abdourahman A. Waberi, *Le Pays sans ombre*

25 - Marcel Rouff, *La Vie et la passion de Dodin-Bouffant, gourmet*

27 - Raymond Cousse, *Stratégie pour deux jambons*

28 - James Purdy, *Chambres étroites*

29 - Jean Galmot, *Quelle étrange histoire*

30 - Adam Shafi Adam, *Les Girofliers de Zanzibar*

31 - Velibor Colic, *Chronique des oubliés*

32 - Marcel Rouff, *Les Devoirs de l'amitié*

33 - Octave Mirbeau, *Contes de la chaumière*

34 - Timothy Findley, *Le Dernier des fous*

35 - Saintine, *Picciola*

36 - Lygia Fagundes Telles, *L'Heure nue*

37 - Albert Londres, *Tour de France, tour de souffrance*

38 - Natsume Sôseki, *Botchan*

39 - Emmanuel Dongala, *Jazz et vin de palme*

40 - Claude Tillier, *Mon oncle Benjamin*

41 - Kjell Askildsen, *Les dernières Notes de Thomas F.*

42 - Reinaldo Arenas, *Adiós a Mamá*

43 - Albert Londres, *La Chine en folie*

44 - Albert Londres, *Chez les fous*

45 - Albert Londres, *Les Comitadjis*

46 - Olivier Saison, *Lux*

47 - Octave Mirbeau, *Dingo*

48 - Mats Wägeus, *Scène de chasse en blanc*

49 - Marcel Rouff, *Au grand Léonard*

50 - Théo Varlet, *Le Roc d'or*

51 - Nkem Nwankwo, *Ma Mercedes est plus grosse que la tienne*

52 - Aminata Sow Fall, *Le Jujubier du patriarche*
53 - Moacyr Scliar, *Le Carnaval des animaux*
54 - Dritëro Agolli, *L'Homme au canon*
55 - Georges Darien, *Biribi*
56 - Hasse Bildt Lindegren, *Le Maraudeur*
57 - Richard Lesclide, *La Diligence de Lyon*
58 - Gaston Leroux, *L'Agonie de la Russie blanche*
59 - Albert Londres, *Au bagne*
60 - Étienne Goyemidé, *Le Dernier Survivant de la caravane*
61 - Iouri Mamléiev, *Chatouny*
62 - Albert Londres, *Le Juif errant est arrivé*
63 - Dany Laferrière, *Le Charme des après-midis sans fin*
64 - Kenji Miyazawa, *Le Diamant du Bouddha*
65 - John Hawkes, *Le Gluau*
66 - Yotam Reuveny, *Du sang sur les blés*
67 - Albert Londres, *Dante n'avait rien vu*
68 - Lygia Fagundes Telles, *La Structure de la bulle de savon*
69 - José Donoso, *Ce Lieu sans limites*
70 - Carmen Boullosa, *Duerme, L'Eau des lacs du temps jadis*
71 - Arturo Uslar Pietri, *Les Lances rouges*
72 - Dany Laferrière, *Pays sans chapeau*
73 - Ook Chung, *Nouvelles orientales et désorientées*
74 - J.-M. Coetzee, *Au cœur de ce pays*
75 - Natalia Ginzburg, *La Mère*
76 - Hilda Hilst, *Contes sarcastiques*
77 - Guillaume Clémentine, *Le Petit Malheureux*
78 - Yanagita Kunio, *Les Yeux précieux du serpent*
79 - Hwang Sun-Won, *La Petite Ourse*
80 - Caroline Lamarche, *J'ai cent ans*

81 - Albert Londres, *L'Homme qui s'évada*
82 - John Cheever, *Falconer*
83 - Abdourahman A. Waberi, *Cahier nomade*
84 - Nathalie Kuperman, *Le Contretemps*
85 - Earl Lovelace, *La Danse du dragon*
86 - Gisèle Pineau, *La Grande Drive des esprits*
87 - Henri-Frédéric Blanc, *Le Lapin exterminateur*
88 - Romesh Gunesekera, *Récifs*
89 - Dany Laferrière, *Comment faire l'amour avec un nègre sans se fatiguer ?*
90 - Ivo Andric, *Omer pacha Latas*
91 - Amin Zaoui, *Sommeil du mimosa* suivi de *Sonate des loups*
92 - Lydia Lunch, *Paradoxia*
93 - Abdulrazak Gurnah, *Paradis*
94 - Trevor Ferguson, *Train d'enfer*
95 - Margaret Atwood, *La Petite Poule rouge vide son cœur*
96 - Raharimanana, *Lucarne*
97 - Roland Bechman, *L'Arbre du ciel*
98 - Ciril Kosmac, *La Ballade de la trompette et du nuage*
99 - Helen Simpson, *Quatre jambes nues*
100 - Dany Laferrière, *Le Cri des oiseaux fous*
101 - Jennifer Johnston, *Un homme sur la plage*
102 - Nuruddin Farah, *Territoires*
103 - Tayama Kataï, *Futon*
104 - Timothy Findley, *Nos adieux*
105 - Florise Londres, *Mon père*
106 - Mickael Korvin, *New Age Romance*
107 - Iggy Pop, *I need more*
108 - Nick Cave, *Et l'âne vit l'ange*

109 - Natsume Sôseki, *À l'équinoxe et au-delà*

110 - Raphaël Confiant, *Mamzelle Libellule*

111 - Nuruddin Farah, *Née de la côte d'Adam*

112 - Emmanuel B. Dongala, *Les petits garçons naissent aussi des étoiles*

113 - Dany Laferrière, *La Chair du maître*

114 - Paul Bailey, *Pension Jérusalem*

115 - Nangala Camara, *Le Printemps de la liberté*

116 - N. D. Cocea, *Le Vin de longue vie*

117 - Joost Zwagerman, *La Chambre sous-marine*

118 - Dorothy West, *Le Mariage*

119 - Jennifer Johnston, *La Femme qui court*

120 - Mongo Beti, *Remember Ruben*

121 - Émile Ollivier, *Passages*

122 - Amin Zaoui, *La Soumission*

123 - Monique Ilboudo, *Le Mal de peau*

124 - Aminata Sow Fall, *La Grève des bàttu*

125 - Monika Maron, *Le Malentendu*

126 - Theodor Fontane, *Ellernklipp, la roche maudite*

127 - Ivo Andric, *Titanic et autres contes juifs de Bosnie*

128 - Yasushi Inoué, *Une voix dans la nuit*

129 - Andrew Crumey, *Pfitz*

130 - Rosa Liksom, *Noir Paradis*

131 - Anthony Burgess, *La Folle Semence*

132 - Philippe Thirault, *Lucy*

133 - Takeshi Kitano, *Asakusa Kid*

134 - Richard Morgiève, *Legarçon*

135 - Dany Laferrière, *L'Odeur du café*

136 - Carl de Souza, *La maison qui marchait vers le large*

137 - Mariama Bâ, *Une si longue lettre*

138 - Christophe Paviot, *Les villes sont trop petites*

139 - Emmanuel Dongala, *Le Feu des origines*

140 - Anne Devlin, *La Voie ouverte*

141 - Florent Couao-Zotti, *L'Homme dit fou et la mauvaise foi des hommes*

142 - Jennifer Johnston, *Les Ombres sur la peau*

143 - Ivo Andric, *L'Éléphant du vizir*

144 - Toby Olson, *Seaview U.S.A.*

145 - Rabindranath Tagore, *Gora*

146 - Juan Carlos Onetti, *Demain sera un autre jour*

Impression réalisée sur CAMERON par

BUSSIÈRE CAMEDAN IMPRIMERIES

GROUPE CPI

à Saint-Amand-Montrond (Cher)
en décembre 2001

Dépôt légal : décembre 2001.
Numéro d'impression : 015508/1.

Imprimé en France

Impression réalisée sur CAMERON par

BUSSIÈRE CAMEDAN IMPRIMERIES

GROUPE CPI

à Saint-Amand-Montrond (Cher)
en décembre 2001

Dépôt légal : décembre 2001.
Numéro d'impression : 015508/1.

Imprimé en France